长安文心书系

霜天自在

方英文 著

陕西新华出版传媒集团
陕西人民出版社

图书在版编目(CIP)数据

霜天自在 / 方英文著. —西安：陕西人民出版社，2020.7

ISBN 978-7-224-13617-3

Ⅰ. ①霜… Ⅱ. ①方… Ⅲ. ①散文集—中国—当代 Ⅳ. ①I267

中国版本图书馆 CIP 数据核字(2020)第 089874 号

主　　编：宋亚萍
策　　划：张孔明
责任编辑：彭　莘
整体设计：杨亚强
绘画导师：曹　刚
绘　　画：蒋懿琰

霜天自在

SHUANGTIANZIZAI

作　　者　方英文
出版发行　陕西新华出版传媒集团　陕西人民出版社
　　　　　(西安市北大街 147 号　邮编:710003)
印　　刷　西安市建明工贸有限责任公司
开　　本　889mm×1194mm　1/32
印　　张　6.625
字　　数　150 千字
版　　次　2020 年 7 月第 1 版
印　　次　2020 年 7 月第 1 次印刷
书　　号　ISBN 978-7-224-13617-3
定　　价　42.00 元

目录

001 风雪夜缘
005 人　癖
009 与富人相处的艺术
012 夏　夜
014 身之奴
018 故园草稿
032 嘉　树
034 高山肉，流水酒
037 对　局
040 中华审美疆域里的永久性建筑
——《三国演义》序言
049 直肠痴汉
——猪八戒赏析
059 吹捧使人进步
062 我欲书文“复婚”
065 紫阳腰
068 霜天自在

070 山阳印象

072 春　讯

074 传统的特征是文雅

077 四君饭落霞

080 艺术当有富贵气

082 洞府内外皆有趣

085 母亲今天过生日

087 老子第一

090 期待天清气明

092 后来先去

097 文化人就是人际关系很美好的人

099 节日澡雪

101 爬桌子

107 永　远

109 黄跑邮

113 文学长子

122 父亲方周琰

126 无母之乡

136 渭河是黄河的长子

138 树犹君子与美人

140 小住北戴河

142 汉家美食最豆腐

144 奔　六

146 同道如同母

149 痴　公

153 左笔处女文
155 每天读书一小时
——在省直机关读书会上的演讲
159 文学没谱
162 云　品
166 历史以我写的为准
174 从广州到惠州
177 书文“复婚”成绝响
183 遗　产
185 自媒体
189 《群山绝响》题外话
191 花甲辞
194 答著名青年作家胡竹峰

风雪夜缘

那是1979年，年关将近，大雪严严实实地封住了秦岭。当时我在西安念大学，盼着回山里过年。但是没有车，众人天天到车站闹，一直闹到腊月二十八，车站才咬咬牙，发了趟油漆剥落的解放牌老卡车。一下雪就发卡车。尽管如此，七十几号人也只差山呼万岁了，一拥而爬上车，钉楔子般插进车厢。汽车冒着游刃似的寒风，出发了。勉强爬上秦岭，轮胎放炮了。司机大骂一串粗话，要大家下来，说要修车，而且至少得修十个小时。后来恰好乘客里有个会修车的，所以只修了五个小时。汽车再次启动了。

一路走一路乘客减少。到了终点站镇安县城，只剩十来个乘客，一下车，眨眼就不见了。他们是县城人，回家享福了。时间已下夜一点，小城安静得出奇，几粒昏黄的路灯如同墓地的鬼火。我的任务是投宿，明天再回乡下——还有一百多里路呢。可是，仅有的两家国营旅社死也喊不开门。那门被链条锁着，我连掀带推地把门弄得稀里哗啦乱响，仍不见个人毛反应。那时没有私人店铺，怎么办？总不能在野外冻死吧。为了性命，我决定走动一夜，保持体温。县城仅有两条街，所谓前街和后街，不到十分钟就走穿了。转回身再走。每每经过亲友的家门，我便驻足，几欲举手敲门——只需通报我的姓名，门便会开，便会迎我入内，生火，做饭，暖床。一句话，让我吃饱喝足，然后睡觉。但是我忍住没有敲门。我不愿叨扰别人，除非万不得已。也可能有一种自卑心理吧，因为我是乡下人，每进县城，我都尽量避见亲戚朋友。若双方都没躲过，只好打扰他们一回。虽然吃了他们的，喝了他们的，但在他们那种客客气气的外表下，我能感觉出暗流着一种不耐烦，一种被揩了油的心疼。如此世态我能理解，因为那年头家家都紧巴啊。再说他们，也难得到我的乡下吃回人情。然而当我以全县第一名的成绩考上大学后，一切都变了。那些我平常并不怎么熟悉的人，老远见了就笑眯眯地迎上来。

所以，公元 1979 年腊月二十八夜晚，不，是腊月二十九凌晨，我决定走动一夜，转悠到天明。我从前街走到后街，又由后街转到前街，弄不清走了多少匝。能记清的是，我经过的两家门口，均贴了对联，一为红，一为白。从内容上看，一家结了婚，一家死了人。两家的对联颇具文采，书法也不错。我掏出笔和纸，记录对联，消磨时间。夜是越来越冷了，我默念一个伟人的相关教导，硬是坚持着走动。结婚的事是经常发生的，死人的事也是经常发生的，但是在冬天的夜晚里，在冷如冰窖的小县城街道上走来走去，这种事却不是经常发生的。凡是不经常发生的事，便具有创造性的味道。这么一想，我不免浪漫起来：这并不是以走动来保持体温，这是雪夜漫步哩！这么一想，心头大喜，乃吟香吐玉，朗诵起《春江花月夜》了：春江潮水连海平，海上明月共潮生……

然而起风了，下雪了，风裹乱雪穿街走巷。借路灯一看手表，下夜三点啦。这段时间通常被称作黎明前的黑暗，顶不住喽。加之饿神袭来，一摸背篼，两个小笼包子被冻成了两个健身球。此时，刚散步到后街，听得吱呀一声，风，掀开一家木板门，隐约看见里面有灯光。

我本能地走了进去。猜想这街面房，无非是又窄又深的房子。刚跨进门槛，就见到一副白木棺材，满地刨花，棺材盖尚未拼拢呢。当下感到晦气，正要退出时，里面传来说话声："谁呀？进来吧！"随之是一连串的咳嗽声，吐痰声。是个老汉声音，听上去含着善意。所以我就进到里间，只见一个老人躺在床上。在头顶那盏十来瓦的灯泡的光照下，老汉的脑袋皱纹密布，如一颗大核桃。在他咳嗽吐痰的时候，我一直盯着盖在他身上的那床油腻黑亮但却很厚实的被子。我想象着盖在这样的被子里一定很温暖很舒服。当老人不再喘气时，他问我是怎么回事。我如实回答了。他说："你，要是，不嫌弃的话，就，就跟我睡。"

要的正是这句话！我迅速脱掉鞋袜，一骨碌钻进被窝，与老人打对儿。老人两手搂住我的双脚，说："冰的！"老人双手瘦如火钳，但是很热。几分钟后，一股热流由我的脚掌沿着双腿汩汩上爬。老人要我脱了衣服，说那样会更好的。我就脱掉衣服，果然一下子接纳了大面积的温暖。很快，一股浓重的睡意袭上我的眉心，但我使劲地捏捏鼻尖，忍住了。我应该跟老人拉拉家常，不能就此睡过去。

"大爷，你晚上怎么不闩门啊？"我想起方才的情景。"关啥子门哦，又没值钱的东西，”老人说，“一年四季，也没人到我这来。”聊下去才算明白，老人三十年前丧偶，独自一人将两个儿子拉扯大。如今，一个儿子在县委谋事，一个在乡下工作。但是，“我把他们得罪了”。分家时，老人把街面房给了小儿子，后面房给了大儿子。结果大儿子嫌后面房没出路，小儿子嫌街面房面积小。“他俩你见不得我、我见不得你，见面就吵，尿不到一个壶里，索性不回家了！”停了会儿，老人又说：“倒是给我做棺材，俩娃意见相同，各出两百元，都盼我死哈。”

我觉得肚子饿了，就把手伸出被窝，从兜里掏出那两个小笼包子，折回被窝，意在暖热暖软了吃。老人叫我自个儿下床，倒些暖瓶里的热水。热水就包子，不然会冰出病的。正要睡着，觉得胸口痒痒。一摸，是个胖虱，捉住它，挪到两个指甲间，挤死它拉倒。忽一想，放生了。在这样一个夜晚，开杀戒是不妥的，因为这个小生灵蕴蓄着人间的温暖。再说留着它，也好给老人做个伴儿。

不知何时，我被一阵砍、锛、钉、锯的声音闹醒。起身一看，天早大亮，两个木匠开始做棺材了。告辞的时候，我想给老人掏几块钱，表达个意思，又觉生分，便将多半盒“金丝猴”香烟留下。并抽出一支，亲自给老人点燃，递上。可是老人硬是只接这一支烟，而且并不吸，其余的烟坚决让我拿走。“小伙子，你知道吗，整整十五年了，没一个人跟我睡过——咱俩有缘咧。”

在老人的咳嗽吐痰声中，我走了。到车站一问，没车，只好冒着大雪步行。一百二十里山路，我走得很快，不久即浑身发热，脱去棉衣，顿有夏天之爽快。到家门时，傍晚的炊烟刚刚升上房顶，袅袅款款，如梦如花……

人　癖

自参加工作以来，只晓得月工资的总数，从不知这总数由哪些具体项目累计而成。 每次领工资，只是签个名，接过那点血汗钱揣走完事。 这看上去貌似视金钱如粪土，实则人穷加懒惰，断无发迹之日。 后来社会进步，发工资一律交银行代理，每月定时，单位只给你一张工资条儿，条儿上清晰地开列出基本工资加各项补贴，再扣除各类费用、基金，可谓民主透明一目了然。 纵然如此，我仍无法敏感它、记忆它。 反正弄得再清它又不增长一分，不如糊涂待之，倒也省心。 岂料内子要查工资条，要追缴私房钱！ 中国的妻子，就其制约夫君的才华上看，均是出类拔萃的政治家。 可惜她们没机会大面积治人，只好一生一世、一门心思地整顿丈夫。 整顿的手段无外乎控制丈夫的钱袋，以防其性能源通过经济手段打了外援，婚姻的哭笑不得大抵如此而生吧。

工资条到手，我多半瞄一眼就扔掉。 家长多次要看我都没记住；但是这一回条儿到手，即刻拿镇纸紧紧地压在办公桌上，以便下班后带回家里上报女皇。 谁知上了一回茅房，回来时发现桌上趴着一个大胖子，手握剪刀，兢兢业业地将我那工资条儿铰成一堆头发丝！ 你瞧瞧，世上居然有这号无聊之徒！ 免不了将其一顿臭骂，所幸这胖子是我好友，胸卷长风腹鼓高帆，嘿嘿一笑春风吹又生。 后来我发现这仁兄每来我处，开篇就是“你们中国人如何如何糟糕”，其本身是纯种汉人啊，滔滔不绝的同时，那十根乳猪蹄似的手指头也同样勤奋不歇，不是撕名片就是扯报纸，桌上实在无东西了，他就取出我的香烟，揉碎一桌烟末。 如此潜意识里老想毁坏什么东西、撕裂什么秩序，可能属于那类“开国皇帝”品种吧。 然而生活中的他，却被一个小小科长指挥得滚来滚去，科长让他尿三滴他绝不敢只尿两滴。 倒是他老婆理解他，疼他。 他讲究美食，老婆一星期之内从不让他吃重样饭；他的手爱闹事，老婆就给他购置一把小榔头，再买一大块橡皮泥，让他晚间看军事节目时不断地砸橡皮泥——不这样不行啊，撕纸片儿还得打扫啊。

人与人是不同的，即使是同一枚受精卵分裂出的双胞胎，也仍有细微差别。 这个差别就是所谓的个性。 人在生理上，男女间除了那点根本分歧外，其他方面基本一样，无外乎高矮胖瘦黑白俊丑，器官相类同制度也一样，不分什么社会主义资本主义、君主立宪制民主共和制，饿了都要吃憋了都得拉。 人的不同在于心理，以及心理支配的言与行。 某些言与行重复出现，就很打眼，就成了毛病。

朋友里有怪癖者不少，就说张君吧。 他每来聊天总是先要心神不宁地找到火柴，其实他并不吸烟，他抽出一根火柴，噙到嘴唇上，于是那小小的火柴棒儿，从他左嘴角旋到右嘴角，再从右嘴角旋回左嘴角，却并不影响他的侃侃谈吐。 曾与他郊游，忘了带火柴，他便折节小树枝儿含到嘴里一路旋转一路评点优美的田园风光。到了桃树下，他又“呸”掉树枝儿，摘了一枚嫩嫩的邮票大小的桃树叶儿，对叠起来含到唇间，唇间就流淌出蜂鸣鸟语，叽叽喳喳嗡嗡嗞嗞，凭空捏造出一个春天的园林，沿途的妇女莫不笑望凝眸，他是越发得意了，悄声对我说：“我恨不能分了身子，把她们都娶了！”其实他早就娶了个知音娘们，那娘们花容月貌，上帝就搭配她一个怪癖——吐舌头！旧时的孔派儒生，规范妇女笑不露齿，后来解放了，对于妇女大展肚脐也见怪不怪。然而妇人的舌头，除了老中医，大致是不宜让外人看的。不难想象许多追求那娘们的男子，说着笑着忽见其玉舌一吐，惊骇一叹逃之夭夭也。某一天，那娘们与张君相逢了，相逢在一个艺术家的晚宴上。彼时大家妙语滚珠流风回雪，那娘们间隔几分钟便舌头一丢，张君的嘴上则旋转一根牙签。两人目光遭遇纠缠了几秒钟，便固定到对方嘴上，一段良缘就此产生……

人之癖是人之防伪商标，朋友之癖是朋友让我们念叨的永恒素材。人无癖必是修养到了家，就像是波音公司分设在世界各地的厂家，生产的所有零件都出自同一张图纸，规范而无可挑剔；又像是法律文本，标准且完美，只是乏味无聊，不遭遇官司是没有谁想翻阅的。这样的道德君子，你与他的交情是很难深化下去的，即便他在你的生活里曾起过“贵人”的作用，你仍将他看作一般性的朋友。他哪天死了，你自然是要前往送葬的，也自然要怀念他的，只是想不出怀念他的什么，愈加地惭愧不安，对不起朋友啊！

朋友赵君死后——请原谅我这么假设！但愿他死在我后，

反正我也看不出再活下去还有什么好事——我肯定一直微笑着怀想他，想他那种打电话的样子。他是一个大领导的秘书，不出意外的话，迟早也会熬成一个领导的。打电话是其工作内容之一，好玩的是他打电话总是匹配着大幅度的手势，其实他打的并非可视电话。打电话不是当众演讲，做手势有什么用呢？剧场已经停电，舞蹈演员还依然坚持蹦跶，匪夷所思是不！赵君给领导打电话，身子静着，半拉屁股蹭坐沙发，尽力保持稳重祈祷神态，但是手掌却不断地、乖顺地、有节奏地揉搓着膝盖；给同级或下级打电话，则站起来，驴推磨似的，绕着办公室踱圈子，手捏铅笔，在其脸前上空划拉着各种标点符号，其中问号或叹号的那一点，必定是重重地蹾在玻璃板上或是暖气片上或是栗色窗台上。如果事关重要，他的手势则有领袖化的大气，忽而像阅兵忽而像宰羊。最有趣的是与女性通话，所有的阳刚动作都不见了，代之以阴柔地静静地伫立，拳头半握着，食指与拇指轻巧地捏弄着，仿佛寻找乱麻的头绪，又像是探进秀发搜捕虱虫儿，那样的贤良雅致，那样的镏金琢玉……正是因了这样一颗多情心肠，我才不认为他是个小政客，而当他为朋友——连妇女都不疼爱的人，哪还配做朋友呢！

与富人相处的艺术

怎样才能与富人保持长久的朋友关系呢？ 请牢牢记住我的经验：永远不要向他们借钱！ 你向富人借钱，正如你向良家妇女借身体，首先是难度太大，其次是残局难收。 你好容易将富人的钱借到手，那么富人从此就天天琢磨：这人能还得起吗？就算能还得起他又愿意还吗？ 你敢染指女人身体，那女人也是同样地天天在期盼与忧愁中度过：他会娶我吗？ 他什么时候离婚呢？ 生活啊，就是如此这般变得异常复杂的，人的情绪就是如此这般败坏殆尽的。

我用切身的感受来佐证我的观点。 去年秋，一个朋友邀我去给他“烘房子”。 那房子在一幢高层里，复式结构，近三百平方米，花了一百多万元呢，很让人羡慕。 朋友说我：“以你的身份，早该住这样的房子。”我清楚这是恭维加玩笑，傻子才会当真。 但是出于虚荣，我故作思考状，在朋友那大得可以养奶牛的客厅里转着圈子。“我还差十来万块钱。”我以谦虚的语气吹嘘道，其实是差九十多万。“这点钱嘛，大家给你凑！”“那倒不必。 向一个人借，整端些。 反正我还有几个富朋友呢。”

当时大家喝得有点高。听了我这话，新房的主人就借了酒劲抓起电话，要我向我的富朋友借钱，立马买个大房子住。这让我始料不及。真叫毛病，考验我到底有没有富友？我只好接过话筒，拨了一个富友号码。我想这事随便一说也就完了，没承想后来，我那富友竟十分当真。他不断地约我吃饭，不断地为我考察房地产市场，还对我讲了许多我闻所未闻的大道理。

“借十万块钱？芝麻大个事么。跟你交往了十几年，一直想着怎么帮你一次忙呢，可是没机会呀！这回你给我机会了，谢谢你！我到房市转了好几匝，我以为中国的房市眼下是泡沫，建议你过几年再买房更划算些——哦，不，你别误会我的意思，我绝对没有不想借你钱的意思！我算什么？狗屎商人！你当然肯定会还我的，我原本是不想让你还的，屁大点事么，但是不可能！因为我太了解你的人品了！如果你届时还钱我不接，那我不等于在侮辱你吗？我非常清楚，你不但要还钱，还要加利息还的，还要快速还的！如此说来，我把钱借给你，不是平白无故地给你加个压力吗？你是作家，让你背负巨额债务，能写出好作品吗？这可不仅仅是咱俩的友谊问题，而是对中国文学的犯罪啊！你千万别瞎猜，十万块钱对我而言，不过是几顿饭而已……我的意思是怎样才能有利于你的创作……其实作家住得太好了，势必脱离群众，很难写出好作品呀……就别说十万十万的了，十万元存到银行里，存一年也就一千来块利息……为了不给你加压力，咱们换个方式，我不借给你钱了，直接赞助你得了！赞助你一千块，不就等于把十万元借你用了一年嘛……”

我当然没要他的一千元赞助。问题是，从此，我这位交往了十几年的富朋友，自从我开口向他“借”钱，自从我们最后一次通电话，到现在一年多过去了，他全然如同白云黄鹤般，连点影子都见不上了。每当我想起这事，心情就像是刚刚参加完一个追悼会。我一点儿没有责怪朋友的意思，要怪只怪我自己。我还要特别强调的是：我绝无讥讽富人的意思；相反，我是非常非常理解富人的。想想看，你向富人借钱，犹如你向警察借枪，向官人借权，向歌星借嗓子，向屠夫借杀猪刀。你这压根儿不是向人家借什么东西，你这是要人家命哩！

也自然包括我在内。如果有人要向我借用一下我的手——我的这只能够写出如此奇妙文章的手，那我也是断然拒绝的！

夏　夜

母亲总喜欢住在山里的老屋，因此我总要隔几个月回去看看她。准确地说，是把自己“拿”回去让母亲看看，因为母亲对儿子的思念，远远超过儿子对母亲的思念。

上个月的最后一个周末，我又把自己“拿”了回去，一是让母亲看看，再是借机睡几个好觉。城里嘈杂，欲念又多，根本不能安眠。而山里的老家，环山皆树，绿云合抱，小住即仙乡，一觉东方红。

可是，母亲总要喊我起来吃早饭；饭碗放下没几分钟，又问“饿不”。当然不饿，拍着鼓腹继续睡。母亲就在道场上，站在水龙头边洗衣服，把我的好衣服全搓成了皱抹布——太用力，像洗我小时候的脏衣服。洗着，搓着，不时地向大路上的行人打招呼：“吃了没有？”“到屋喝水呀！”我想，母亲如此大声说话，大概是以此来炫耀她的儿子回来了。就笑着说给母亲。她很生气：“谁家没儿子？山里人少，你的狗耳朵长哪去了？谁不是这么大声说话！”我不敢吱声了。

夜深了，我与母亲还坐在道场上闲话。稻田里的青蛙也时不时地插话进来，如想象中的古代方言。虫子们叽叽叽的，却不知说些什么。隔几分钟，便有一粒萤从庄稼地里飞出来，那轨迹，像移动着的雷达屏幕上的光标。上弦月向西边的山头接近，便迎来了夏夜最凉爽的一刻。于是，头顶的星汉，便无比地澄澈灿烂了。那星星，足有核桃大，隐约有脆响，宛若来自印度新娘的头饰上那缀满珠宝的撞击声。还有，时不时飞过天河、划向织女的卫星，又是哪个国家的呢？

“天上的每一个星宿，”母亲说，“都是世间的一个大人物。”顺者为孝，我自然不会辩驳的。“也就是说，世上的大人物，在天上都有一个星位。”我终于忍不住了，就问道：“妈，那你看看，你儿子在天上有没有星位？要有，是哪一颗？”

母亲站起来，仰了头，双手背后，在道场上踱着圆圈，很认真地查看夜空，一颗一颗地排查，极其细心地分辨她的“儿子”。末了，极为遗憾地说：“没你的星位。”随即自言自语道：“你哪里够格呢！”我忍俊不禁，却假装挺难受地叹息一声。

第二天，县上来车接我。车走好远了，忽然从反光镜里看见母亲在拼命挥手追赶，就停了车。母亲撵上来，喘着气说：“你昨晚，伤心得很吧？”我莫名其妙。“天上没你的星位，罢！做个小百姓，多安生呀！”我说：“妈呀，你真会说笑话！”

“这咋是笑话呢？”

见母亲如此严肃，我只好打了个保票：“我记着你的话，做个小百姓。”

“这就是了，”母亲笑着说，“快上车，走吧。”

身之奴

人在中年，压力倍重，十分神往“疏懒”二字，老想着怎样才能把生活简而化之。剃须刀钝了，懒买新的，拿起剪刀，对着小镜子，将那毛毛草草的东西，一一铰掉。无非耗些时间，好处却至少有五点：一是省了买剃须刀的钱；二是可以静心专注，不静心专注就可能伤肉；三是冲着自己的模样，将近日的言行来一番检讨，等于落实“吾日三省吾身”的圣谕；四是比刮胡子好，刮胡子突然“年轻”，紧接着突然“衰老”，给朋友以沉浮动荡之感；五是接待乏味之人时，剪胡子则是一个委婉的逐客令。

我是不大喜欢照镜子的，因为镜子提醒我——此公不具备自恋条件。但是我们生活在“玻璃世界”，城市的玻璃总是扭曲地折射出我们原本就很卑俗的形象。所以在卫生间里装面镜子，洗澡时看看真实的自己，很有必要。

平时的身体，被衣服遮藏着，内容的丰腴肥美或者贫瘠焦枯，难为外人所知。一旦裸露，实令自家羞愧，那上面的山水，太乏善可陈了。好赖也算个大丈夫，可是胸膛呢，跟超生婆姨的胸一样了，没法区分啦。 加上鼓腹，那活活是猪八戒的抄袭品！ 至于胸腹之内的脏器，由于它们的存在，世间所有的医院，也便有了存在的理由。 人的前半生，拼命挣钱、咬牙攒钱，全是为了后半生孝敬医院，也正是脏器在作怪。

公正地评价镜里的裸体，不带丝毫的自恋倾向，颇难。 好比起草年终总结，优点和成绩照例是十根指头，缺点和失误嘛，一根指头而已。 说到头颅，平时并不去细心考究，因为它总是高高在上，光天化日之下，自负地晃东晃西。 其实，这玩意儿是个货真价实的麻烦制造者。 它是身体的首脑、生命的中央，全身的每一个器官，都无不唯它之命是从。 别看它一个不大不小的西瓜造型，可那上面的七个窍孔呢，却足以令我们终生受累——

就说眼睛这东西吧，它天生好色，哪里好看、哪里热闹，它便拽着我们往哪里去。 我们常说忙啊忙啊，多半是眼睛的驱使。 鼻子呢，对食物散发出来的气息，百般挑剔，忽而要香的，忽而要臭的；一到发情期，它又变成了雷达，通过对于气味的探测，发现和追逐异性，因而“香水事业”长盛不衰，从古埃及至今都是如此。 耳朵的嗜好尤其古怪，它永远喜欢赞美的耳勺来挠它挖它的痒痒。 赞美是有前提的，你必须拥有权力，权力越大赞美越多；或者你有很大的能耐，你能够给别人提供帮助，于是你才会得到赞美。 如果一个人莫名其妙地来赞美你，把你的耳朵整得舒服极了，那么紧接着，此君肯定会给你布置任务。 正如世上没有免费的午餐，世上也不存在免费的赞美。 想想看，为了满足耳朵的欲望，你得付出多大的努力啊。

耳朵跟眼睛一样，其欲望看上去高雅脱俗，与物质的关系也并不直接，貌似追求“精神文明”，实则挥霍奢靡。一个有力的佐证是：你想想选美活动及音乐会的门票价格吧！所以说，什么“赏心悦目”呀，什么“陶冶情操”呀，不过是巴结眼睛、谄媚耳朵的体面说法而已，那个费钱呀，是贩夫走卒们既不能想象，也无法理解的。

说到嘴巴这个无底洞，更让人气馁，每天三次，得往进填塞各种东西倒也罢了，问题是它却经常只图自己的快活，招来可怕的诽谤与祸端。要是当了长官，丢官或退休后，最难安顿的莫过于嘴巴了——给谁开会讲话呢？

手，似乎是唯一值得歌颂的，因为它是劳动机器（也是刑事犯罪的基本工具）。但它仍旧存在着欲望，比如“动手动脚”。所以，在和一个漂亮的女人见面之前，你必须首先警告你的双手——给我规矩点！事实上临到现场，才发现手是如此健忘，它像猫爪子见了小活鱼一样，搞得你尴尬万分，硬是将你的绅士教养扒光撕碎。手在另一些人身上，还表现出强烈的虚荣心，比如对钻戒的渴望。手画得好、画得像，是判断一个画家的重要参数，原因在于手是人的第二大脑，手潜伏浓缩着人的全部智慧与美德、欲望与罪恶。

脐下之地，不能不说，因为生命只有依赖它，才可以延续。它就那么一丁点儿功劳，半个夜晚就可以完成使命，绝大多数时间里，则处于闲暇无聊状态。于是它无事生非，净干些与延续生命无关的，搁不到桌面上的事情，让人无法恭维。它是丧失尊严的源头。它不知羞耻，永无餍足。它经常向主人申请示威、呐喊暴动，搞得主人如坐针毡，什么事也干不成。不错，它催生出的激情，也曾提升过我们的灵魂，让我们领略到人生最浪漫、最美妙的爱情。但是多数情况下，由于它的贪婪本性，我们稍不留心，就被搞得名誉扫地、丢尽脸面、倾家荡产，最后成为一个不齿于人群的混蛋……

对身体从头到脚来一番考察，不难得出这么一个结论：我们的一生，是为了满足身体各个器官的要求的一生，无论实的要求，还是虚的要求。我们是身体的奴仆。我们原本多半可以成为高尚而纯粹的人，多半可以达到某种光辉的顶点，就因为该死的身体，就因为身体上各种该死的器官向我们无休止地提出各种各样稀奇古怪的要求，致使我们的一生都处在奔波劳累之中，我们的生命能不苦大于乐吗?!

但是，大的快乐是由小的快乐集合而成的，所以我们切不可忽略掉埋伏在我们周围的无数的小的快乐——比如，您无意间读到我这篇文章，真是一次幸运。

故园草稿

第一天

送母亲回到乡下的老屋，坐在桌前，写这篇文字。桌是大方桌，四十多年历史了，比我小不了几岁。它原是张旧桌子，从镇上买回来后，经过土漆一染，一下子青春鲜亮了。家里摆放一张这样的大方桌，立刻就有了某种豪华。只是如今，四周的人家都刷了白墙，仅剩我家依然泥巴土色。母亲觉得掉面子，多次要我回去，买石灰，刷一刷。我抽不出空，却也想了个好理由：“别刷了，这是文物，我的故居嘛。”

高考前，我就是在这张大方桌上“青灯黄卷”的。母亲下地干活，中午回家，饭做好了，才把我叫起来。她在生产队里人缘好，我一个壮劳力，整天待在屋里不出工，队长也不怎么追究。当然也有人说母亲：“你把儿子惯的，太阳当顶了才起床！考大学？太悬乎了吧！”

昨天下午一点，由西安乘火车回镇安，县上派车再送到乡下。走了一个半小时，车子一直开到门口停下。看了看红红的斜阳，再看看手机上的时间，刚五点。

家门一开，俩猫，一白一黄，两个门墩各卧一只。高门大户人家，卧狮子；农家院落，以猫护卫，算是各有风格。母亲说猫："你两个好啊，三个月没见了，还认得我呢。"白猫说："妙哦。"黄猫说："喵呜。"母亲给我说："这俩猫，一个是你二叔的，一个是英昆的（二叔家老幺）。可它们不喜欢在自己家里吃饭，就爱撵我的饭碗。"我说猫跟小娃一样，总是觉得别人家的饭香。又开玩笑说："你吃素饭，猫来要吃，实在是看得起你呀。"

二婶来了，说我们刚回来，冰锅冷灶的，要给我们做饭吃。母亲一生刚硬，又最不情愿叨扰人，所以坚持自己做饭。眼见她这么大年纪，又乘了一天车，所以只能由我上灶做饭。也好，帮母亲暖热锅灶吧。首先打扫卫生，擦拭所有的家具，好在自来水早就接到了门口。我说擀面吃吧。母亲嫌劳累我，不让擀。我还是坚持擀了。母亲吃斋，在西安时，总是在我们下班回家之前，她自己就做着吃了。幸好前年，她学会了操作煤气灶。这一次在西安过冬，三个月时间里，我仅仅给她包了一顿素饺子，走时又让她生了气。所以我要给她擀一回面，算是道歉，或者说追悔吧。

面是擀好了，但是拿什么做臊子呢？倒是有一小坛腌菜，气味却很难闻，但母亲坚持说"没有坏"。那就炒了出来，添水成汤，吃起来还真的蛮有味道。儿子的胃口，终究是母亲培育出来的。

晚上，将茅台酒和饼干送给二叔二婶。小时候，很受他们的关爱。茅台酒，是在西安时，别人为祝贺母亲的生日送来的。母亲的生日，我们从来没有给她过过。她平生散淡尚静，根本不喜欢过生日，也基本没有人知道她的生日。“七十大寿，一定要过！”这是妻子的意见。于是提前在大兴善寺订了几桌斋宴，到了时候，邀些知己的亲友来，为母亲热闹热闹。谁知前一天，没留神漏了消息，母亲当即发躁拒绝，再怎么做工作思想也不通。“为啥要扰害别人?!”这是她拒绝的理由。我说：“是最好的朋友知道后发起的，跟扰害无关。”“那你们又何必破费呢。”我笑了：“他们不会空手来的，我们还要赚些钱呢。”母亲更生气了，骂我竟然“拿老娘赚钱”！我解释说，给老人过寿是惯例，来的都是朋友，何况朋友们结婚生子、父母过寿，我也都去了，压根儿不是什么“扰害”“赚钱”的事。“那好，你过吧，我走！”母亲站起来，找外衣穿呢，又戴了帽子。

一看这阵势，我立即制了一条手机短信发给朋友们：“家母寿宴取消。”但是到了腊月十九，还是来了几个朋友，送来了水果鲜花，还有茅台。可惜未能招待他们吃喝。对此，母亲一直过意不去。

二叔说：“明儿一天，你都在我们这里吃饭。”二婶说：“给你妈说一声，陪她吃了三个月，陪我们吃上两顿总可以吧！”原来我每次回家，叔父婶娘唤我吃饭，母亲的脸就拉得老长，弄得叔婶很是扫兴。回到家里，给母亲说了二叔二婶的原话。母亲这次理解了，也就答应了。

母亲的性格极好强，直，不服人，这大概是她年轻时与父亲离婚的原因之一吧。父亲是个教员，长期在外，性子绵和温暾，有浓重的小资情调。母亲也喜欢看书，尤其是历史掌故方面，想蒙她，不那么容易。我们家在当地，被称为“书香门第”，祖辈、父辈，多为医生教员。对此，母亲却常常露出不屑。她是个懂就说懂，不懂就说不懂的人，所以经常弄得人下不来台。比如，你要是说父母聪明了子女也就聪明，她马上说王某某的父母跟傻子差不多吧，可王某某读了北京的博士呢。又比如，你若说农民愚昧，她当即举出那个经典的例子来：“朱洪武是放牛娃出身吧，当了皇帝哩！”

在我们方家，母亲是唯一的农民，其身份与见识相融，性格就形成了敏感、自尊，以及让人哭笑不得的顽固。每年来西安，妻总要给她从头换到脚，可还是不能讨她高兴。她一是嫌浪费，二是难称心意。我分明看她穿上去合身得体，可她说“花哨艳扎”，又说“把人绑的”——个子那么小，偏喜欢宽松长大（下地干活方便）。为此，妻子没少流眼泪。一个顽固，一个唠叨，我被夹在中间，甚伤元气。后来便以阿 Q 精神调理自己：咱算什么东西，毛泽东也处理不好家事呢。

二叔喊我过他家看《新闻联播》，就过去了。我们原来将旧电视捎了回去，可是电压不稳，没看几天就坏了。让修理一下，母亲不同意，说她一个人看电视老打瞌睡，还费电钱。

电视里正报道着北京的“两会”（2005 年）。最引人注目的是免了农业税，通过了《反分裂国家法》。这时候，外面有人大声问：“人哩？”二叔起身迎接，进来一看，是邻居老马。老马是回民，长我一辈，所以我自小就叫他“干大”。回民的孩子，也是这么着称呼汉族的长辈。老马见我很高兴，问我几时回来的？待几天？西安过年有意思不？他满脸通红，浑身酒气，跟老伴孙子看电视不过瘾，才过来找二叔的。政府取消了农业税的消息，把他弄得激动难耐：“不交皇粮啦！”

晚上烧炕，挂了一个铜壶烧水，壶嘴儿水锈实了，只能从壶口进水出水。祖母1966年去世，大家庭中就分离出了母亲和我，这把铜壶即是家产之一。烧了几暖瓶开水，母来让我洗脸烫脚。我说：“你儿媳妇天天逼我洗脚，我今儿要跟小时候一样，不洗脚，明早再睡个懒觉，起来也不刷牙，多好！”母亲嘴上说“不好”，当然还是放纵了我。剩下的开水灌了俩葡萄糖瓶子，暖床。

两只猫也坐在小凳子上，与我们同样烤火取暖。白猫胖、憨，毛色柔韧，富富态态的；黄猫小，毛色紊乱，肚皮上又被火燎了几片荒地，视觉上就有些脏了。它俩总是穿插着，冲着母亲“喵”那么一声，要吃呢。母亲找出几块饼干，瘦小的黄猫抢先扑过去，肥美的白猫一接近，黄猫就粗了尾巴竖起来，同时发出呼噜声，不让白猫吃。母亲叱责黄猫：“你太霸道了！”白猫一点也不在乎，就那么坐在远处，看着，一副不温不火的神态。母亲说黄猫是女猫，白猫是男猫，白猫像个“男子汉大丈夫”。

黄猫吃饱了饼干，就从门缝溜出去，巡夜了。我要母亲再找几块饼干，补偿一下白猫。“谁要它不抢着吃呢。”我说，一开始如果不找饼干给猫吃，也就罢了，问题是找了饼干，结果一只吃了一只没吃，这就出现了不公平，当然要纠正。母亲觉得有道理，起身找饼干，喂了白猫。

第二天

是个好天气。太阳升起，山川灿烂。家门三个月未开，屋内难免积聚寒气，于是抱出所有的被褥晾晒。

我身上有些猪性，比如，特别喜欢晒太阳。我曾做过一梦，梦见自己变成了一个土豆，土豆因为长期缺乏光照，七窍和肚脐，就生出了长长的白芽。梦后不久，我下决心买了一套高层住宅，让所有的窗户朝南。一有闲暇，便躲到“采南台”上，看书，写作，或者纯粹晒暖暖——预防着身上长出白芽。

坐在老家门口晒太阳，虽未“衣锦”，而“还乡”的恬静感觉，倒也不时地袭绕心头。

二叔喊叫说饺子好了，让我过去吃。

二叔是军人出身，粗犷；二婶教了一辈子书，细腻些。当年的他们，是公认的英雄美人配。文与武结合，龃龉了几十年。但是伟大的光阴没有什么不能磨砺的，所以六十岁后的他们，反倒有些缠绵了。

正吃饺子，门外一声大喊：“把我气死了！”话音落处，母亲已站在门口。原来，“老鼠把口袋全咬了！”母亲的脸色极难看。年前她出西安时，将各种粮食口袋集中到板柜里，结果老鼠打了一个洞，钻进去饱食三月，繁衍了一堆子孙。“快喊猫嘛！”二婶跑到院门外，扯起嗓子喊道：“猫——！”“猫——！”猫果真就来了。

是黄猫。黄猫跟着母亲，去我家了。我也快速吃毕饺子，撵了回去，就见黄猫正在道场上，逗玩那只它刚抓住的老鼠。猫吃老鼠前总要将老鼠玩弄一阵的——猫东张西望，一次次地假装身边根本不存在它方才捉住的老鼠，从而给老鼠制造出某种逃生的希望，然后又一次次地将希望毁灭掉。老鼠终于绝望了，趴在地上再也不想动了。猫呢，却还不过瘾，于是再次探出爪子挑逗老鼠，并且发出一种声音，那声音分明是在说：你再逃一次嘛，求求你，再试试嘛！ 老鼠真的以为猫要放生了，弓起身子就跑，但是猫，却决不会让老鼠跑出一米之外——冲过去一巴掌将老鼠打蔫！

猫吃老鼠，一是其天性使然，也固然是助人除害，但是那种有意延长死亡过程从而获取最大心理满足的毛病，却是不能恭维的，更是不应该效法的。 人类的某些劣种，如嗜好吃活鱼，甚至猴脑，可能正是从猫的恶习中获得的灵感。

母亲对黄猫说：“不要玩了，老鼠还多哩！”黄猫这才听话，两口吞了老鼠，三步蹿进门里。 少顷，又叼出一只……

母亲一直守着柜子，猫来了就掀起柜盖，说：“快进去，猫！ 猫，快进去！”猫就翻进柜里，柜盖同时落下。 猫逮住老鼠后，叫唤不成了，便跳起来拿脑袋顶撞柜盖。 一顶撞，母亲就揭了柜盖——“嗖”的一道黄光，猫蹦出来。

黄猫一共抓了五只老鼠。 我奇怪的是，老鼠如何进板柜的，为什么不再出来呢？ 噢，它进去时身体小，吃了三个月后，长大了，发福了，不能从原来的小洞撤出了。

黄猫抓了五只，吃了四只，剩下一只停尸劈柴旁。 它前后跟着母亲，“喵”个不停。 母亲说：“喊啥嘛，没有老鼠了么。”我觉得母亲误解了黄猫的意思——它是在讨赏呢。 母亲说不可能，因为它肚里已经填了四只老鼠呀。 我说肯定是讨赏，要不干吗剩一只老鼠呢。 母亲将信将疑地找出几块饼干，黄猫果真高兴地吃了，还边吃边唱呢。

这时，二婶来了，身后还跟着白猫。 可是没有了老鼠，二婶就数落白猫：“你看看你，整天就爱个游山玩水，该你出力的时候你却不见了！”领白猫走到那只死老鼠跟前，它只闻了一下，就毫无兴趣地走开了。看样子，它有点洁癖。

白猫总是让着黄猫，大概是个“窝囊人”。母亲说不对，白猫逮老鼠，那才叫厉害呢，要抵好几只黄猫呢。二婶说：“白猫有四个特点，一是吃饭，二是抓老鼠，三是让人（黄猫），四是爱到草坡上、树林里胡逛达。黄猫自私，又爱管闲事，青蛙也抓，黄鳝也逮，去年还咬死一只啄木鸟。白猫从不吃乱七八糟的东西。”

两只猫坐在我的左右，陪着我晒太阳。我笑了。如果我今天是为猫族里提拔干部，那大致是要选中黄猫的。没法子，黄猫会表现嘛。换句话讲，黄猫碰上了好机遇嘛。但是，如果我深入一下群众，了解了解俩猫的口碑，结局就不同了。

说实话，我喜欢白猫。首先，它比黄猫好看，它让人赏心悦目。好看，赏心悦目，其实就是好色。比如选美，选出来的冠亚季军，一般地讲，既不能娶来为妻，也难以发展成情人，但我们还是乐此不疲，因为那东西可以入梦，可以佐酒，可以成为我们许多时日的谈资。

人也好，动物也罢，如果生得好看，本身就为世界做了贡献。世上的一个“爱”字，也首先是由“好看”二字膨化出来的。当然，世上也根本不存在绝对同一的“好看”。不同的眼睛，产生出不同的“好看”。

白猫还有不少长处：食谱规范，不吃杂肉；先人后己，君子风范；爱怜异性，风流温存；寄情山水，显而能隐。善哉白猫！

收拾了耗子，我也晒饱了太阳，便回到房间，开始写作。

写了几百字，发觉屋里很安静，母亲干吗去了？ 起身出门，见她正在地畔挖洋芋，准确地说，是将窖在地里的土豆种子刨出来，一筐一筐地往家里提——准备种土豆。“窖”字，此处作动词用，就是“埋”的意思。 在我的老家，“埋”字不能乱用，它是特指对于人或动物尸体的安葬。 除此不能用，用了就是骂人、咒人，恶意的，不吉祥的。

深秋霜降来临了，就要给地里挖个矩形坑，将土豆、红薯、萝卜等“窖”进去，面上盖一层玉米秸、麦草之类的东西，然后掩了土，于是就过冬了。 我帮母亲往外刨洋芋，同时将洋芋生长出的一寸来长的白芽子掰掉。 母亲不让我干，因为我曾告诉过她，我的一篇文章能换多少多少粮食。 但是今天，即便我的文章能够改变世界局势，那我也不去写了，因为我觉得土地的意义至高无上。

母亲的这一小块土地，不足二分。 但是在她眼里，那是比她的幺儿——如果她有幺儿的话——还亲爱的。 在西安，她天天念叨着这块土地。 这块土地的产值，不及我送她一趟的路费。 可是一生节俭的母亲，压根儿不算这个账。

在这片小小的平地之外，是别人的地。 我记忆里的那些地，全是稻田。 插秧时节，水牛在前面耙着，男女老少跟在后面插着。 到了中秋节前后，十里稻香总是勾引出所有人的口水。 土地分散到各家各户后，为了提高产量，全变成了旱地。粮食不值钱了，再挖成鱼塘养鱼。 鱼一多，又不值钱了。 于是回填鱼塘，继续种地。

环目四望，每一块土地上，都有人正在那里整治着属于他们的那片土地。 他们全是过了五十岁的男人（年轻人都进城打工去了）。 我向他们问好，招呼他们来吃烟、喝茶。 他们笑着回应，但是并没有来。 春种一刻值千金哪。

生于斯土斯地，当年是多么怨恨它呀！ 正因为与它不可分割，所以才导致了人的悲苦贫困。 离开土地，是所有年轻人的梦。 可是三十年后，这才发觉：土地是好的，世上最好的！ 手划伤了，捏撮土敷了，立即止血祛痛。 我们享用的一切，全是土地生长出来的。 掠食水产以及海洋生物，是犯罪，是越界。

抓起一把土，放在鼻子下嗅嗅，一种罕见的芬芳浸入脏腑，像饮了一杯大户人家的千年陈酿。

在土地上挖一个小小的坑，放一粒小小的种子进去，为什么就能长出庄稼瓜果？ 我当然是知道的，因为科学家早就在他们的著作里详细解释了原因；但是，我后悔我有了这样的“科学知识”。 这种所谓的知识，败坏了诗意，毁灭了我对于土地的宗教情怀。

二婶过来了，说饭好了，让母亲也一块去吃。 母亲不去：“一家子都去吃，像啥话嘛。”二婶说：“你又何必再烧一回锅呢！”我也帮着二婶邀请，母亲才勉强答应。 母亲就这性格，也不管个时间与地点，始终坚持“不揩别人的油水”。

是米饭。 为了母亲，二叔二婶做了一桌素菜。 二叔取出茅台，我没让开，只让温了一壶自产的苞谷酒。 正喝着，忽然响起雷声。 出门一看，乌云遮蔽了大半个天空，四个人慌忙起身，去收被褥。 雷声，早春的雷声，舒缓，悠远，像坐在大剧院的最后一排，听那交响乐中插进的几槌鼓声。 风来了，雨点随之而来。 这风，这雨，似乎是由竖琴拨弄出来的。

雨点落在被太阳晒了一天的石板上，二婶弯腰看了，说：

“公雨，下不了。”“公雨”是一个圆点形，轮廓光滑，如铅笔刀旋出来的；“母雨”虽也是圆点形，但它的周边是波纹状、放射状，恰如正在开放的无名野花。

“公雨”嘛，果然只下了几滴，再没有了。

第三天

一大早，手机的闹铃响了，时间七点。母亲知道我今天要走，所以早就起来为我烧了开水，泡了茶。洗漱毕了，喝茶，吃馒头。馒头还是母亲从西安带回来的，切成片状，锅里煎得黄黄的。油多，很香脆。若是母亲一人吃，断不会这么费油。

母亲的手关节增生，一个人在老家，面呀，蒸馍呀，更别说饺子呀，那是吃不到嘴的。面粉主要做了拌汤吃。

估计司机快来了，借此时间去“祭祖”。其实就是空着手，到祖坟上看看。每次回家都如此。祖父和太奶（太祖母）母子俩长眠在二叔的房后。太奶是个瞎子，去世的那年，我也许四岁，也许五岁。那是个相当厉害的老太太，特别讲究规矩。我母亲妯娌们孝敬她，比如端饭接屎，她是不接受的，因为她不愿“越界”，不愿享受来自孙媳妇们的侍奉。一切，由我祖母承担，全然不顾及我祖母已经患了“哽食病”（食道癌）。太奶还经常训斥我的祖父，甚至把我祖父哄到跟前，拿拐杖打他。我祖父在外面深受尊重，却在家里挨打，真是个笑话。奇怪的是，祖父竟将挨打的事当作美谈，经常说给人听，脸上也总是洋溢着微笑和幸福。

太奶和祖父的坟，卧在郁郁葱葱的花草间，那当然是春天的景象。花草的外围，是高大的树木。只可惜，视野被房子拦截了。太奶的坟头前，砌了水泥基座，马上要立碑。接着给祖父立。站在太奶的坟前，静默了几秒钟，跪下来，叩了三个头。再站到祖父前，又静默几秒钟，点了一支“软中华”，插进坟头的石缝，双膝下跪，深深地叩了三个响头。如果没有祖父的供给，我的大学很难念出来。无论才华，还是品德，祖父都永远是我的偶像。

有一次回去，二叔见我到屋后“祭祖”去了，随后就去检查现场。我到了西安，他打来电话，说我粗心大意，将点燃的香烟放在了太奶坟上。我说：“那有啥嘛，太奶会说：‘晶澈（祖父方继明，字晶澈，号朗然），你孙子把烟给了我，我又不会抽，还是你拿去抽吧！’……”二叔在电话里笑了，说我太没个大小，跟老先人都开玩笑呢。

我是爱开玩笑的。我越是敢在谁面前放肆，说明我越是喜爱谁。

车来了。二叔二婶也随车上县城。他们的长子在县上工作，买了一块地皮，二叔就在家挖了一些韭菜根随身带上，准备去种那块空地。

母亲絮叨着，嫌我空着挎包走人，没有捎东西给她的媳妇和孙子，又说难场啊，城里啥都有，还比乡下便宜。我说那就带几个洋芋吧，十个洋芋就够了。母亲就拣了几个洋芋，先用塑料袋装了，然后塞进我的挎包（回西安一数，母亲多装了五个土豆）。

车走时，下起了小雪。母亲很担忧，一再叮咛到了西安后，马上报个平安。

车离家门数十米，绕一个小弯，让司机暂停。下来，稍稍后退，面对祖母的坟，三跪拜。祖母去世时，我八岁。十五年后，祖父去世。那年，风水先生说，祖母的坟“不宜动土”，所以，祖父没有和祖母睡一起。

祖母节俭出奇，虽然家里的陈粮应有尽有，但她总是挑选霉粮、生虫的粮先吃，还要搭上野菜。即便大年夜，揭开锅盖，虽也是大米饭，但米饭底下，却是焖的土豆、红薯。祖父祖母原籍湖北，是沿着汉江、旬河、乾佑河上来的“下河人”，所以年夜饭不吃饺子，吃饺子是在大年初一早上。也不叫饺子，叫“扁食”。通常是先熬一锅大米稀饭，稀饭快好时，再将扁食下锅。这样吃，节省。祖母去世后，这种吃法就终结了。

祖母治家管人，那是非常严厉的。但是对我，却心疼得很。父母离异后，她对我越发地宠爱娇纵了。她经常当我面骂我的父亲“不是个东西”。那年月，“公社是朵向阳花”的日子，困苦不堪，一日三餐，几乎全是可鉴人影的玉米糊汤。大人们吃完后，祖母将锅底的一点剩饭，用铲子泥成一块煎饼状，再将灶膛里的火炭拨拉开，烘炕那么一会儿，“锅巴”就诞生了。当然比不上如今卖的那种锅巴。烘炕好了，由于锅底从来没油水，锅巴就难以揭成整块，只能用刀尖一下一下地铲，最后捏成一个疙瘩。当我饿了，或者“耍牛”（胡搅蛮缠）时，祖母便找出锅巴哄我。

祖母病逝前非常痛苦，因为食道癌不能进食，可以说是饿死的。她病得再重，都乐意我在她的床上玩耍。我是她的掌上明珠，她是我亲爱的祖母。我的童年是不幸的，但我的作品里并没有多少“苦难”，这原因正在于：由于祖母的存在，我生命的最初部分，可以说充满了温暖与柔情。我的整个幼年里，从未遭受过斥责，更别说受谁欺凌了。

但是，我从来没有过专门回去“祭祖”，比如在清明节，在先人们去世的忌日。我的“祭祖”，一向是在回家看望母亲时的一个顺便的举动。这多少有些对不起祖先。他们去世得早了，没有给我提供机会，以使我来报答他们。不过我断定，他们根本未想过索要我的报答。他们不是投资商。他们对于子孙的爱，完全是一种天然的情操。

爱别人，包括爱自己的子孙，这本身，就是一种品格。

汽车在故乡的道路上颠簸着，背后的家园，在雨雪交替中渐渐朦胧。二叔二婶，在车里向我汇报着他们几个孙子回来过春节时的种种逸事，但我没有听进去。我有些恍惚，有些伤感。

车子上了主干道，兜里的手机一声鸟鸣，来信息了。一看：

> 我始终爱我的夫人！
> 我始终爱我的儿子！
> 我始终爱我的孙子！
> 我始终爱我的祖国！
> （艾森豪威尔遗言）

当然，我此生当不了总统，也没有机会成为“一代名将”。但是，这几句话，却很吻合我眼下的心境，尽管有些八竿子打不着。

嘉　树

我是无神论者，却也偶尔做个生死轮回的梦。一次，梦见自己变成一棵树。什么树？也许是银杏，也许是云杉，也似乎是朦朦胧胧的，常见的河杨岸柳吧。总归，是我非常喜欢的那些树。可是，我有了一把年纪后，思想竟泛爱起来，觉得世间的万事万物，没有什么不可爱的，比如树。树们的随便一个品种、随便一种风姿，都给人以温婉曼妙的遐想，或者宁静辽远的放达。

人的这双眼睛，总是将世间的事物分个美丑来。比方一个鹤发童颜的老头，很美；一个伪君子在滔滔不绝地教导别人，很丑；青青的郊野上，一个男子折下腰来，倾听他怀孕妻子的胎动，很美；酒店的餐桌上，一条鱼张着嘴巴，发出无声的呐喊，而它的身体，早已熟烂了，很丑……这些，我们大致能够分得出美丑来。但是面对了树，你能分出来美丑么？反正我是分不出来的，因为我觉得——世无丑树。

我见过被人糟践的、浑身是伤的树，也遇到过泥石流残损的树。即便如此，树们，依然保持着优雅的姿态，看不出痛苦的样子。你将树枝剁掉，树枝与树身远远地分开了，树枝和树身依旧各自成景，不失其风华。这很像是一本好书被撕碎了，但“残简”照样闪光，辞采无法撕碎。想羞辱一棵树吗？我看是不可能的。羞辱者不能达到目的，羞辱者便羞辱了自己。再肮脏的地方，只要树往那里一站，那里一下子就站出了品格。树，是天地间唯一的君子。荒凉的世界里，远远地望见一棵树，就像望见一个亲人。于是，你便有了回家的感觉。人的脑后没有眼睛，但是你若倚树而立，也就不必担心野兽和暗枪了。可见，树不仅有书的柔韧，还散发出剑的威仪。

树的一生，多半不走动，永远伫立在故国的土地上。但是，他由于长寿，他的见识也就多过我们所有的人。他的智慧使得“读万卷书，行万里路”变成一句笑话。想想看，什么样的世态，什么样的人物，他没有见过？常青的古树们群贤毕至，就形成一团“千年学府”的磁场。所以我到了风景处，总喜欢坐在树下，闭上眼睛，贪婪地深呼吸。直到有了某种“豁然开朗”的觉悟，这才起身告别，一路上都觉得襟怀辽阔，领袖芬芳。

据说，我们是从海里爬上来的。最初爬上岸，借了树林的庇佑，才得以繁衍至今。繁衍了很多很多，却还是渺小的，像树间的一些标点符号。树，比人类悠久，比人类长生。人，只是树在他漫长的生命中途，捏造出的一个活宝，给自己解解闷而已。树要是不高兴了，可以随时抛弃这个活宝。

生命，无非是“一呼一吸之间”。这一呼一吸，基本是树的恩赐。想到这里我才醒悟，在所有的节日里，我们最喜爱的，原来，应该是植树节啊。因为，有没有我们，树无所谓；但我们，需要树，永远地、绝对地，需要树。

高山肉，流水酒

朋友的“朋”字，本身就是两吊肉挨在一块，不吃肉怎么行呢？当然，也可以引申为朋友关系就是血肉关系。就是说，在一块吃肉未必是朋友，但是朋友相聚，却总是要吃肉的。实在没肉也就不说了，但必须把现有的最好的东西拿出来吃。就像爱情，说得再动听，见面时却不想拿出身体款待对方，那就够不上爱情。所以说轻易地嘲讽“酒肉朋友”，是没有“群众观点”的，因为群众的交朋结友形式，主要还是以酒肉为媒介的。朋友们到了一块，不吃肉喝酒，显然不够朋友嘛。

如果我们效法伯牙，想交朋友了，就抱上琴，蹲到十字路口鼓而操之，演奏《高山》或者《流水》，实在不行了就来一曲《今天是个好日子》，看看往来的行人中有没有钟子期那样具有音乐耳朵的人。有了就拽回家里，待之以酒肉，于是成了朋友。没遇见这样的人物，怎么办？将琴扛回去，下次再来演奏，继续寻觅。只是操作容易效果差，因为就算你能鼓捣几下琴，过往行人也未必倾听，他们要奔忙于自家生计啊。能驻足围观的，大概只是些闲痞子了，与“知音”是八竿子搭不着的。

当然还会出现这样的，根本不是你想要的情景——时不时地有人朝你脚下丢几毛纸币，叹息一声匆匆离去。

我没有查阅相关典籍，但就伯牙与钟子期这一对千古知音、这朋友的最高典范而言，我可以推断出，此二人肯定早就解决了物质生存问题，衣食住行、吃喝拉撒完全不用考虑了，于是才追求“精神文明”哩。我同时又断定，他二人到了一块，也并不总是一个没完没了地抚琴、一个没完没了地听琴，而还是要吃肉喝酒的，当然是因为他们有肉可吃、有酒可饮。吃糠咽菜？不可能，跟高雅的音乐不配套嘛。《韶》乐也高雅，高雅到什么程度呢？怎样才能形容它的尽善尽美呢？孔子说，听后“三月不知肉味”，还是以肉作比。可见肉原本是很美的，只是《韶》乐比肉更美罢了，未闻《韶》乐之前还是肉最美罢了。

朋友分两个层面，一是“肉”（物质）层面，一是“乐”（精神）层面。绝大多数为前者，因为我们绝大多数属于“吃饭穿衣之徒”。我们是人，“人”字就要相互支撑。比如我自己，也主要挣扎在第一层面，所以对于贫富悬殊、卖官鬻爵、“三农”问题，以及中美关系、海峡局势、朝核会谈，等等，老实讲，我关注得很少。由此可见，我算不上一个志存高远的人，甚至连一个“有点精神的人”都算不上。所以在日常交朋结友时，我很难不考虑一个“利”字。当然要“互利”，并且总是尽量将“利”的大头让给朋友。互利就是双赢。如今大至国与国，小至人与人，不都在倡导实施这两个字么！

但是在心底里，我最喜欢的朋友，还是“乐”的层面，那便是文友、书友、棋友，因为我爱好写作，热衷书法，喜欢下棋。其实我粗通几样乐器，比如提琴二胡。但是上不了台面，只能自娱。倒也认识几个懂宫商的，只因聊不到一块，也就没有升华为朋友。末了，还是与文友、书友、棋友趣味相投。这三类朋友既没有提携我的政治地位，也没有给我带来金钱福祉。但是他们让我高兴，就像钟子期让伯牙高兴一样。就说文友吧，一类是纯粹的读者，喜欢我的文章，不断地吹捧我，促使我不断地写作，我自然非常喜欢他们，同时明白一个道理：吹捧使人进步。但是仅有这些，是不过瘾的，让我过瘾的是其中的“诤友”，他们能点中穴位地骂我。无论吹派还是骂派，只要能“点中穴位”就好。否则，哭笑不得，甚至厌烦。

我没啥酒量，又生长于持斋世家，与肉也就可有可无。但是，跟我喜欢的、多才多艺的朋友们在一起，也常常就卧肉而醉酒了，且幻想着创作两首曲子，名字就叫《高山肉》《流水酒》。

对　局

围棋、象棋，均是国粹。围棋比象棋高雅，原因在于围棋早、象棋迟。钟鼎文比汉隶雅，也是因了钟鼎文早、汉隶迟。眉毛先生于头发，尽管后来没有头发长得那么长，但其尊贵高雅的地位是不能动摇的——剃光头的人，从来不曾剃掉眉毛。大观园里的小姐们只下围棋、不下象棋，也在于她们清楚围棋高雅、象棋低俗。

围棋传说是尧帝发明的，发明的原因是为了磨砺太子的急躁性格，故史书有“尧造围棋，丹朱善弈”的记载。至于象棋，则源于人们通过一种游戏的方式，来回味历史上最有名的那场大决战。棋盘上的楚河、汉界，在如今的河南。那时，刘邦项羽的战争到了胶着状态，谁也吃不掉谁，于是达成协议——以当地的一条名叫“鸿沟”的运河为界，停止了战争。这当然是个缓兵之计。后来的事情都知道，不赘。

围棋的高雅，除过其诞生早的原因外，还在于下一局需半日时光，非有闲者，不可为也。它还要配套的氛围。首先是弈者双方，要求其富裕但不奢靡，有学问而不浮夸，大致得有点“君子风范”。对垒时的环境，很讲究格调，花木扶疏，小泉叩耳，溪边竹下，尤佳。小地点当在临窗里，或者廊亭下。不远的地方，要有一个女子，抖袖揉指，翻开了《渔舟唱晚》《广陵散》之类的曲谱，准备演奏古琴或者古筝。音乐飘来，可以手谈了。

仅仅两个人手谈是不够的，跟前必须坐一名观者，他一边吃茶，一边看书。一边点评为何还要同时看书呢？因为手谈费时间，当局者痴迷是关乎他个人的名誉；观者大可放松，叨空读几页书，顺带私营了心灵。切忌此时此景算账、数钱。虽然算账数钱很重要，但忍一忍吧，最好暂时将亲爱的它忘掉。点评棋局要有高度的技巧，只能就大局发表笼而统之的赞美，“这一子真是神来之笔！”“哦，绝处逢生啊！”万不可冷笑，或者自作聪明地点出破绽。否则，受损的一方会觉得你是个“小人”。

比较而言，还是象棋痛快，因为它俗且大众。大庭广众之下，你总能看见一堆“臭”男人——其中常有一两个光膀子——嚷嚷叫叫地下象棋。也能欣赏到这样的场面，两个下棋的人文文静静的，倒是两个看棋的人争得骂起来、打起来了！由于象棋源于战争，所以它导致斗殴也似在情理之中。

除了体育行业外，生活中鲜见女子下象棋。但我还是幸遇一例。那天沏好了茶，久等一棋友而不来，却来了个女子。见我摆好的摊子，她便扬言“我陪方老师下吧”。优雅地那么一坐，滑出一个兰花指，捏起炮来当头一架。我这一惊，吃得哽噎，连忙跳出一马。“巾帼高人呐！”谁知她一炮架起，再不动作了。她一直手托粉腮、目流棋盘，左思右考、就是不走。

如此谨慎绵密，我必输无疑。索性承认失败拉倒——此时棋友来了。那女子说："你俩下吧，我观战。"旁观的她，"观棋不语真君子"，只是不断地惊叹、扼腕、嘘气，绝对是象棋教练的风度。但，就是不上场。我与棋友揣测：她眼里的我俩，肯定是臭棋篓子。向她请教呢，她始终笑而不语。

很久以后才弄清，那女子压根就不会下棋，仅知"当头炮"这一常规的开局招。女人真是天生的演员，她笑也好、哭也罢，看来都得揣摩一番，再出对策不迟。

中华审美疆域里的永久性建筑

——《三国演义》序言

一

千余年来，中国人的消遣谈资之一，便是“说三国”。为何喜欢说三国呢？因为历史上的三国，是一个英雄群起、灿烂炫目的时代，而人类的多数，命中注定了只能成为衣食俗子，所以只好通过“说英雄”来满足自己无法实现的英雄梦想，尽管这种满足是相当有限的。到了元末明初之际，中国出了一个非常伟大的作家，名叫罗贯中。他的生卒年大约在公元 1310 ~1385 年间。他的韬略有曹操之风，剑术可比肩周瑜，文才则不让陈琳。总之，他属于雄才大略的品种。据说，他跟元末农民起义领袖之一的张士诚过从甚密。所以明王圻在《稗史汇编》中，说他“有志图王”。“图”者，理想也；“王”者，坐天下也。可惜他所生活的时代，并没有赐予他一个可以让他建立万世功业的机遇。于是他开始写作，通过写作来挥霍他那经天纬地的才华与精力。他搜集了无数的有关三国人物的民间故事、传说、话本，同时将干涩难懂的史书《三国志》读得倒背如流，然后以此为素材，辅之以非凡的艺术想象力，历尽艰辛，终于创作出中国四大名著之一的《三国演义》。

《三国演义》问世后，“说三国”更加成为大众的业余生活之一了。从宫廷到市井，从平原到山地，凡逢聚会休闲之际，那总是要来一段三国故事的。犹记得小时候的乡村夏夜，几个人坐在篱笆边，一边刮着土豆皮，一边听老者讲“过五关、斩六将”，连夜莺的一声鸣叫，也仿佛是被关云长的青龙偃月刀吓出来的；至于大雪满山的冬季，一个长夜懒觉起来，生一炉柴火，温一壶老酒，去将那村里“最有学问”的人请来，让他再给大家讲一遍“赔了夫人又折兵”，讲得那个回肠荡气呀。其实这个所谓“最有学问”的人，竟是个大字不识半拉的文盲……一部博得如此众多之阶层喜爱的文学作品，恐怕也只有《三国演义》了。

二

《三国演义》是章回体历史小说，全书一百二十回、六十四万字。书中所讲的故事，发生在东汉末年，因政治腐败、天灾人祸而导致的天下大乱、军阀割据之际。故事完整，虽然开始于黄巾起义，收笔于西晋统一，但主要写的是军阀混战中逐步形成了三国鼎立的过程。一句话，战争是其主旋律。其中主要的战争有三场：一是官渡之战，再是赤壁之战，三是“火烧连营七百里”。当然还有其他的，比如荆州争夺战，以及后来诸葛亮的七擒孟获、六出祁山等等的局部战争。所有的这些，都难以与赤壁大战媲美，因为正是这个中国战争史上最为著名的，以少胜多的经典战例，一战而成三国版图。所以对于赤壁之战，作者不惜笔墨，以整整八回的篇幅，予以浓墨重彩地描绘，其情节之跌宕、计谋之奇妙，其险象之环生、阅读时之扣人心弦，当之无愧为有史以来描绘战争最杰出的文字之一。

综观人类历史，战争是常态的，和平不过是两场战争之间的喘息。当然这话也可以反过来说：战争是两次和平之间的必然暴力。《三国演义》的问世，启发了后来的许多战争中人，特别是农民起义的领袖们。毛泽东也是一个“三国迷”。毛泽东是伟大的军事家（当然他享有“家”的称誉多了），其运筹帷幄、决胜千里的指挥艺术，部分的原因正在于他熟读巧用了《三国演义》；新中国成立后处理美、中、苏三大国关系时，也从《三国演义》里获得过不少灵感。

战争的中心是人。《三国演义》里几乎所有重要的人物，都是通过各种各样的战争来完成其自身形象的，天才的统帅、忠勇的将军、超凡的谋士、善辩的说客、杰出的诗人……莫不如此。尤其是通过三场主要的战争，才排名出三国军事家：曹操、周瑜、诸葛亮、陆逊，以及后来的司马懿、姜维等。作为一部文学作品，这些人物，也是小说里最光彩的艺术形象。

当然在事实上，刘、关、张的“铁杆哥们”关系，却是作者主观上最想要表现的内容，即所谓的“义”。少时读《三国演义》，对这三个人物印象最深，交朋结友时，也常以这三个人物为模板；但是现在，重读《三国演义》时，我发现书中最了不起的人物，其实是曹操、周瑜、诸葛亮。因为只有这三个人物，才是分别凝聚着三方阵营的三个灵魂。

三

《三国演义》里究竟谁是“一号人物”？ 虽然到了三十八回，篇幅也过了近乎三分之一，诸葛亮才初次亮相，但是从作者极尽铺排，无条件赞美他、神话他的架势来看，他应该是真正的“一号”。 这一点，是与作者的“拥刘反曹”的主观倾向相关联的。 不过从阅读的客观效果来看，曹操反倒抢了诸葛亮的风头，给人留下最深刻的印象。 这是因为，诸葛亮被描写得太完美、太具有超凡智慧了，读者难免发问：世上真有如此神奇的人么？

倒是曹操真实可爱。 就像儿时看电影，能记住的常是些“反面角色”。 做游戏时，喜欢模仿的也是那些人物。 曹操是一个古今少有的大政治家、大军事家、大文学家。 他是天生的领袖人物，永远乐观的浪漫主义者。 所以他永远“人气很旺”，永远有魅力使天下才俊望风而来。 至于小说里他干的那些“坏事”，也多半是“箭在弦上——不得不发也”（陈琳语）。

而诸葛亮却不是这样。 他由于扶持了一个最弱小的主子，所以要处处充大，“舌战群儒”便是其典型做派。 他表面谦虚内心狂傲，隆中隐居时就自比管仲、乐毅。 那时他编造了很多歌谣，一是在当地搞个人崇拜，居然把岳父大人都培养成了自己的崇拜者（见第三十七回）；二是为自己广告扬名，哄抬自己出山的身价。 因此在他眼里，世上再没有比他更能行的人了，能人们谁还到他身边来呀。 他属下即便有个把能人，他也认为那是个弱智。所以，他只好“事必躬亲”。他最大的贡献是七擒孟获，以此扩张了蜀国的版图，将中原文化传播到西南边疆，由此安定了刘姓小江山。他最大的品质则是传诵后世的“鞠躬尽瘁，死而后已”。这八个字实际上也就是四个字的内容：尽力而为。六出祁山显然是种不顾国力的军事冒险主义行为。对于强大的魏国而言，“六出祁山”充其量也就是六次边境骚扰罢了。汉家“气数”分明已尽，他却要顽强“复汉”，是标准的逆潮流而动。他的行为，在客观上延缓了国家的统一。他之所以这么做，似乎是出自“以攻求安”的战略目的（这是弱者的生存之道），其实完全是为了“报陛下（刘备）知遇之恩”（见第八十五回），最终目的是为了完善他个人的光辉形象。要知道，战争对一个国家意味着什么！将个人的毁誉置于国民福祉之上，如此的“修身”，我看是越少越好。

在三国人物里，我最爱的是周郎周公瑾。他首先在视觉上，就给人以美感：“姿质风流，仪容秀丽”（见第十五回）。当然在总体上，罗贯中是将他作为诸葛亮的反衬人物来写的，一次又一次地拿他来烘托诸葛亮的“计高一筹”。这当然与史实有出入，我们也根本无权指责作者的艺术虚构；但是姑且认为，《三国演义》里的周郎就是真实生活里的周郎，那我还是对他赏爱有加。粗心的读者以为：周郎最大的弱点是气量狭小，恨自己不如诸葛亮，数欲杀之。但我们忽略了最关键的一点，请仔细看看第四十四回、第四十五回和第四十九回吧。周郎要杀诸葛亮的根本原因，并非自己不如诸葛亮，而是因为，不杀诸葛亮，“必为江东之患！”“今不除之，后必为我国之祸！”“若留此人，乃东吴祸根也！”说得再明白不过了——后来的事实也验证了这一点——杀诸葛亮是出自国家利益的考虑。当鲁肃建议他将诸葛亮策反过来为吴国效力时，“瑜善其言”。就是说，只要你诸葛亮能来为我的国家服务，我肯定“善”而非“杀”。

周瑜就是如此高怀雅量的一个君子，他既是视野辽阔的战略家，又是洞察入微的军事家，更是身先士卒的勇猛战士。他忠于承诺，故而对诸葛亮设计“借”、实际上是骗荆州的无赖行为，气愤不已。他修养广泛，豪放柔情，正所谓我们通常所说的“性情中人”。他尤其知音懂律，当时就流传着“曲有误，周郎顾”的佳话。他是真正的，伟岸飘逸的大丈夫：指挥了一场名垂青史的经典战争；娶了一个倾城倾国的大美人；画上了一个战死疆场、马革裹尸的，完美的大英雄的句号。时年三十六岁，多么恰到好处啊。

四

《三国演义》里，除了上面所说的顶级人物外，还有许多鲜活的形象，也以其不朽的名气，永远流动在我们的汉语言里，从而使我们的汉语言更加富于故事性和表现力。比如貂蝉，她是中国四大美女之一；比如张飞，他是猛将的代名词；比如黄忠，他意味着老而弥坚；比如华佗，他象征着神医；比如阿斗，则是愚蠢的别称……

古人曾说“文武之道，一张一弛”，所以《三国演义》并非纯粹的“武戏”，而且尤为“文采飞扬”。这不仅因为小说的“通俗”语言本身，是那样的磅礴雄浑，那样的流畅明丽，那样的传神灵动，更在于作品里面，还描绘了许多神采各异的诗人、作家形象。他们同样是那个时代的风景，他们以自己的作品，以最细节的描绘，记录了那段风云乱世。比如“三曹”，比如“建安七子”，以及杰出的女作家蔡琰（即蔡文姬）。他们大多云集在曹操周围，可见曹操不仅是一代霸主，更是文章领袖。我们不妨欣赏一些他们的只言片语——

> 路有饥妇人，抱子弃草间。顾闻号泣声，挥涕独不还。……
>
> ——王粲《七哀诗》
>
> 贱妾茕茕守空房，忧来思君不敢忘，不觉泪下沾衣裳。……
>
> ——曹丕《燕歌行》
>
> 高树多悲风，海水扬其波。利剑不在掌，结友何须多？……
>
> ——曹植《野田黄雀行》

那真是一个文学事业大发展的年代，人才辈出各尽其态。《三国演义》里就涉及了不少，如孔融、王粲、祢衡、杨修等。才子陈琳应邀替袁绍写了篇《讨曹檄文》，历数曹恶，累及曹祖，铿锵豪迈。曹读后惊出一身冷汗，头风病居然好了。对于陈琳的檄文，曹评曰：“有文事者，必须以武略济之。陈琳文字虽嘉，其如袁绍武略之不足何！”此言高屋建瓴，意思是文章宣传固然可以造势，但终究改变不了袁绍必败的命运。袁绍败后，陈琳被抓，众皆建议杀之。曹操未采纳，而是“怜其才，乃赦之，命为从事”（见第二十二回、第三十二回），这是何等的胸怀！所以在建安文学中，“三曹”最有成就，“三曹”中又数曹操为翘楚。

五

显然，《三国演义》并不是一本单纯的战争故事书，实际上是一部揭示中国历史“分久必合，合久必分”这一运行规律的伟大史诗，至少在三国之前和三国之后相当长的时间内，中国就是这么过来的。英国名首相丘吉尔说，国际交往是“没有永恒的朋友，也没有永恒的敌人，只有永恒的利益”，这可以看成是“分”“合”论的另一种诠释。其实“分久必合，合久必分”并不单指“国家大势”，也适合于个体生命的过程：生下来即是“和”，家人亲友包围着我们。随着时光的流失，亲人们陆续地离开了，就是“分”。而“分”与“合”又经常是同步发生着，比如每升一个年级，会发现几个同学不见了，却来了几个新面孔。毕业即是“分”，步入社会，又会“合”来新的朋友……从这个角度讲，《三国演义》也是一本人生哲学书。

中国人的思维方式，中国人的运筹帷幄（或者说阴谋诡计），中国人的内政外交，在《三国演义》出现之前和之后，那是完全不一样的。小说作为“人生伟大的教科书”，真正能够佐证这一句话的，恐怕也只有《三国演义》这类极少数的小说了。它不仅启发了无数的政治家、军事家，还滋养了无数的史学家、文学家。

在谈起古典小说名著时，总有些先生说出一些非常有学问的话来，什么“由于……作者受所生时代的……局限”，因此“出现了……思想上的糟粕……艺术上的纰漏……”。我是不说这号话的，因为我实在没有那个水平。有比较才有鉴别，就是说，我尚未发现同类题材中，业已超过了《三国演义》的作品，因此我无法对比出“局限”“糟粕”。我能有的，全部是赞叹和景仰。对于伟大的作品，其实不用你提醒，每一个读者，也自会读出所谓“局限”和“糟粕”的，并且各不相同，犹如在不同的季节、不同的方位看庐山。

《三国演义》是中国文学史上最有成就的历史小说，它以航拍般宏大的视角、故宫般复杂的结构、苏绣般细密的叙事，展现了一段近百年的历史画卷。于是，它便具有了永久的魅力，因为它体现了真正的民族气象，它因此也就成了中华精神疆域里的标志性建筑之一。这座建筑永远不可能被日晒雨淋、地震海啸所摧毁，因为它是永久的不动产。先秦诸子思想，诗经楚辞，唐诗元曲，明清四大小说名著，是中国人永久的“精神食谱”，它们共同构成了中华民族审美世界里的万里长城。《三国演义》即是这座万里长城中不可或缺的一段。

一个不会吟诵几首唐诗的人，正如一个不知道几个三国故事的人一样，大概都算不上一个地道的中国人。所以在开读或重读《三国演义》之前，让我们脱帽鞠躬，向我们伟大的罗贯中先生，表达我们由衷的感激之情。

直肠痴汉

——猪八戒赏析

上世纪我写过一篇小文章，叫《猪八戒同志》。本世纪兴起了网络，网络上竟能发现这个文章，可见它跨过了世纪，不能说没有一点意味。一看文章标题，即可清楚表明我对猪八戒的定位：猪八戒是个同志，是我们中的一员，是我们男界的杰出代表。

狗年即将结束，猪年的哼哼声从院墙外隐隐传来。按照国人的习惯，一到某年，报刊上必定要出现一堆“□年说□”的文章。请允许我也随流从俗一回，“猪年说猪”吧。纯粹说猪，那是屠夫、猪场老板、皮革制造商以及营养学家的事，我没有兴趣；我只想说说作为一个人的猪八戒。

日前在公交车上，听见几个小学生相互考问历史名人。他们说到孔子、老子、秦始皇、汉武帝、屈原、李白、苏东坡。说了一大堆人物，竟然包括猪八戒！这让我惊诧不已，因为他们所列举的人物，全是真的，唯独猪八戒是假的，是伟大的文学家吴承恩捏造出的一个人物。孔子老子们，开创了“子曰诗云”的精英文化，而猪八戒呢？ 猪八戒是我们世俗生活的一个参照物，我们可以毫不费力地从猪八戒这面无可替代的镜子里，照见我们自身是个怎样的货色。 于是我们理解猪八戒，热爱猪八戒。 我们的女同胞，有的甚至愿意与猪八戒耳鬓厮磨度过一生，如同歌里所唱，“我能想到最浪漫的事，就是和你一起慢慢变老”。 当然这词儿也算不得原创，古诗句就有“执子之手，与子偕老”嘛。

对于家喻户晓的猪八戒同志，我就来谈谈我的理解吧。 我不是学者，所以我只拿《西游记》来谈猪八戒，不参考任何“研究成果”。 学者可不是这样，他们甚至不用看《西游记》，只需翻翻研究《西游记》的书籍、文章，便可写出自己的论文，便可晋升教授、博导。 奠定一个民族文化的书籍，其实并不太多，多的只是对于经典的永无休止的诠释与注水，这些人被称为“专家学者”。 不过在我看来，牢记一句经典原文，胜过阅读十部研究著作。 正如《红楼梦》，研究它的文字可以拉几车皮，但是它们的价值呢，实在抵不上《红楼梦》的一页。 同理，我写的这些文字，也抵不了《西游记》里的半句话。

晚饭后，坐在书桌前，抽烟喝茶读西游，真是莫大的享受。跟许多人一样，我也是小学时候读的《西游记》。 字，认不全，诗，看不懂；只跳跃着看书里的斗法。 现在恰恰相反，要细看里边的人际关系、诗词歌赋、生活细节、环境风物等等。收获真是不小，由不得感慨吴承恩的天才，难怪《西游记》是中国四大名著之一，是中华精神疆域里的不动产之一。

不知道专家学者怎么看，反正我认为猪八戒是《西游记》的“男一号”。 因为孙悟空固然能耐大，但他的状态距我们甚远；与我们最接近的，与我们的生活最有可比性的，还是猪八戒同志。猪八戒在《西游记》里首次正面亮相，是在第十九回里，遭遇孙悟空的捉拿。两人阵前对垒，出现了一个奇妙的场景：猪八戒朗诵了一首长诗，长达六十四行！猴王居然没有阻拦，一任老猪朗诵下去。可见孙悟空也有风雅的一面，能够欣赏诗歌嘛。猪八戒的长诗，属于自传体，详细介绍了自己的履历，有几句比较关键：

> 自小生来心性拙，贪闲爱懒无休歇。
> 不曾养性与修真，混沌迷心熬日月。
> ……
> 敕封元帅管天河，总督水兵称宪节。
> ……
> 全无上下失尊卑，扯住嫦娥要陪歇。
> ……
> 改刑重责二千锤，肉绽皮开骨将折。
> ……

众所周知，猪八戒同志在天上，军衔是“天蓬元帅”。他主管天河，统辖水兵八万，相当于海军总司令吧。可是他，由于爱喝几盅，又很爱美女——我们哪个男人不是这样呢——就拉拉扯扯的，要嫦娥“三陪”他。我认为这属于爱情中的单相思类型，不能简单地说成调戏妇女，更不宜草率地定性为性骚扰。我的道理是：一个男子在醉酒的状态下向一个他喜爱的女子提出爱欲的申请，是可以理解和原谅的。“调戏妇女”也好，“性骚扰”也罢，法律并无明确界定，法学界至今还在争论。 面对丰富多彩的情感世界，法律一向显得力不从心。“拉拉扯扯”“动手动脚”，在我看来，只有在对方不情愿的前提下，才算是调戏妇女（或男子）、性骚扰。 难道不是这样吗？ 在真正的两情相悦中，不是充满了“拉拉扯扯”“动手动脚”么，谁又敢阻拦呢，谁又说这不是人生最美好的呢！

猪八戒的单恋行动，嫦娥未予配合，而是严厉拒斥。 于是猪八戒同志，就罪有应得地被贬入凡间，投胎成猪了。 这让我唏嘘不已。 我读过一些书，可是书毕竟是太多太多了，就我读过的书来看，我们中国人所幻想的天堂世界里，除过玉皇大帝一人，其余的，无论他或她有多高的级别，都无一例外地，不能享有爱情生活。 所以天女下嫁的故事，才时有发生。 天堂好啊，不愁吃来不愁穿，不生病来不失业，全部的生活内容，无非“宴游”二字。 可是天堂里，却不能爱情。 而凡间呢？ 样样都让人烦，都让人累，可是凡间有爱情哟！ 这是很不简单的东方哲学，这个哲学告诉我们：完美是不存在的，美好也是相对的，只有缺憾才是永恒的。

猪八戒在下凡前，还被打了“二千锤”，够惨的了。 如今的他，由一个天堂元帅，变成一个丑陋的黎民百姓。 如此大的人生落差，却并没有让猪八戒同志产生自杀的念头，他反倒要活下去，愉快地活下去，以自己的行动来实践中国人的生命哲学——好死不如赖活。 正是这种顽强的、无比乐观的生命意识，才使我族繁衍五千年而不衰。

高级干部猪八戒同志，被重罚、变形、下放到民间，当然没人给他分房子住，他只好自己想办法，在山上找了一个“云栈洞”安顿下来。这让我想起我们亲爱的苏东坡居士，他被朝廷贬到黄州，按规定，地方衙门也不给他分房子，他也是自己动手，盖了几间茅屋，并将书房兼会客室命名为“雪堂”，成为中国文化史上最著名的书斋之一。当然，将苏东坡与猪八戒相提并论，看上去不伦不类，其实在积极的人生态度上，两位先生实在是可以媲美的。

单身汉的日子，就说不上个日子，所以猪八戒得找个媳妇。恰好山下的高老庄，高太公家里，有个三女儿，也就是唯一没有出嫁的小女儿，闲着，正巴望招个女婿呢。古时候的女子，十五岁即可出嫁，而这个叫翠兰的女子呢，二十岁了还没动静，这就至少说明她貌相一般，或许还有点偏丑。猪八戒想：你不漂亮，我更难看，咱不如变一变，求个婚试试。于是，一个“模样儿也精致”的汉子，就上高家求婚了。一求，成功啦！这件姻缘对于乡村的稳定，有着非常的意义。想想看，山上一个武艺高强的单身汉，山下一个稀松平常的老处女，无异于两颗定时炸弹。现在好了，隐患被排除了。

猪八戒是个性情中人，他的“精致”相貌，是通过法术变幻的伪装，时间长了很不舒服，于是恢复了原形。这一恢复，就出了麻烦。翠兰反应不是太强烈，可能因为她觉得，反正“生米成了熟饭”。不乐意的，是丈人。丈人嫌女婿“一顿要吃三五斗米饭”，早点“也得百十个烧饼”，压根不想想，这一切全是猪八戒“扫地通沟，搬砖运瓦，筑土打墙，耕田耙地，种麦插秧”换来的。高太公的家境，大概正处在由中农向富农、地主迈进的当口，所以就想把女婿当长工使用，其算计与说话，全然剥削阶级的口吻。由于女儿没有积极配合，这事就搁下了。过了一段时间，高太公还是打算撵走猪八戒。主要原因呢，是“这样个丑嘴脸儿”，“会不得姨夫”，“见不得亲戚”，“玷辱门风”。一句话：没面子！

高太公的所为，典型折射出吾国文化的作秀弄假的一面，即实用固然要紧，但更要紧的是——社会评价！我们很多人，原本是崇尚自由的心灵生活的，原本也未必真的喜欢官阶、豪宴、头衔、职称，但最后还是拼命地追逐、违心地奋斗，正在于一旦有了这些东西，那多体面呀，人们会说这才叫“成功人士”呀。猪八戒同志，勤劳憨厚脾气温和，但他毕竟是个人，是人就有人的尊严。人对于羞辱的承受度，是有限的。猪八戒终于被岳父逼躁了，索性将老婆掳走，不跟丈人见面了。

就在这时，来了取经的孙悟空和唐僧。孙悟空应高太公请求捉拿猪八戒，两人就打得一塌糊涂。猪八戒是个谚语、俗话大师，他斥责孙猴子：“你破人亲事如杀父！”猢狲栽赃污蔑道：“你强奸幼女正该拿！”当然打架的时候，说的话不能当真的。但是猪八戒始终不糊涂，为人做事始终有底线，并能拿法律武器来保护自己：“你把我大门打破？你且去看看律条，打进大门而入，该个犯死罪哩！”这句话很有价值，因为这句话告诉我们，在唐朝或者明朝，私闯（毁）民宅是要犯死罪的——先辈早就懂得私有财产的神圣不可侵犯了。

最后的结局都知道，猪八戒加入了取经队伍。要特别说明的是，猪八戒并非因了孙悟空的武力就范，而是在得知对方是取经者后，主动言和的。他是遵照观音菩萨的吩咐，等候取经人的。这就意味着，猪八戒和孙悟空，究竟谁的武艺高强，还是个未知数，永远的未知数。从这个角度看，猪八戒具有内敛、藏锋的生存智慧。这是某种道家思想：能者毁于能，有用者死于有用。八戒者，悟能也。

猪八戒也有很斯文的一面，比如他对岳父说：“爷，请我拙荆出来拜见公公、伯伯，如何？”对别人称自家老婆为“拙荆”，是书香门第的谦逊礼节，猪八戒玩这个就比较可笑，但他向往文明啊。经了孙猴子的一顿嘲讽，他又马上改口“浑家”了。听说一个城里打工的保姆，回乡间过春节时，喊她娘“妈咪”，挨了她爹一烟袋。可见追求文雅，古今都有阻力。

离开高老庄，踏上取经之路的情景，是很有意思的。因孙悟空“捉妖”有功，高太公就拿些银子出来答谢。孙与唐不要，猪八戒却想要，想要的理由是：“我与他家做了这几年女婿，就是挂脚粮也三石哩！”同时展览自己的破衣烂鞋，岳父只得给他换了一身新的。猪八戒并不是贪婪，而是索要自己的应得，一如打工族向老板讨要属于自己的工钱。猪八戒临别的话最要留意：“上复丈母、大姨、二姨并姨夫、姑舅诸亲：我今日去做和尚了，不及面辞，休怪。丈人啊，你还好生看待我浑家：只怕我们取不成经时，好来还俗，依旧与你做女婿过活。”悟空就骂他“夯货”，他则耐心解释来日没准要还俗的原因：“只恐一时间有些儿差池，却不是和尚误了做，老婆误了娶，两下里都耽搁了！”他给自己留着后路呢，多聪明！

所以说，猪八戒虽然身体上参与了那场著名的理想主义运动，但在骨子里，他却是个彻头彻尾的现实主义者，唯物主义无神论者，一开始就是如此。我们中国人，在口头上是一直擅长喊叫理想主义口号的，而内心深处，则始终拨弄着实际生活的算盘珠子，生怕“两下里都耽搁了”。我们跟猪八戒一样。我们之所以笑话他，是因为我们觉得猪八戒太老实——怎么把心里所想全说了出来呢，蠢猪啊！

猪八戒的性格，单纯中包含着丰富，我很想寻几个字予以简单地概括，却始终没有想出来。我再次乱翻《西游记》时，忽然发现猪八戒有一个简练的自我评判，说他自己是个“直肠的痴汉”（见第二十回），顿时笑了。人，最难的是认识自己，而猪八戒同志，偏偏对自己有一个评估，而且评估得很到位。

“直肠的痴汉”，就是那种缺少城府、爱憎分明的汉子。这种性格在猪八戒的身上，突出地表现在食欲与爱欲上。食与爱，是大众生活的两大主题。即便圣贤，食色在他们的生命里，也占据足够的时空。猪八戒的吃与贪吃，闻名于世，本文不打算再罗列了。此处只想谈谈他的爱情生活。当然在整个取经路上，猪八戒没有过真正的爱情经历，但他却经常陷进爱情的旋涡状态。

日常的生活内容几乎是重复的、平庸的，因而是常态的。可是爱情的氛围一旦降临，生活就立即变成非常态，《西游记》的第二十三回正是如此。由菩萨一手导演，在取经路过的贺州，幻化出娘们四个来，一个没有男人的家庭，以此来检验取经人的佛心。我读此处，忍不住对菩萨颇生微词：干吗挑拨人性的弱点呢？师徒四人中，就火眼金睛的孙猴子一眼看出这是个实验，但他偏不点破。孙悟空很奇怪，他自己没有爱情的要求，却特别喜好观看男女笑话。不过爱情，除去当事人的痴迷投入外，在旁观者看去，总是免不了滑稽可笑。

娘们四个中的寡妇母亲，四十五岁，依现在来看，正当“虎狼之年”。她的三个女儿依次是二十岁的真真、十八岁的爱爱、十六岁的怜怜。长相嘛，漂亮得“真爱怜”呀，就是让人很心疼的样子。这个家庭“有水田三百余顷，旱田三百余顷，山场果木三百余顷；黄水牛有一千余只，骡马成群，猪羊无数；东南西北，庄堡草场，共有六七十处……”三个姑娘“女工针指，无所不会”，“小时也曾教他（们）读些儒书，也都晓得些吟诗作对”。设置这样的引诱条件，分明是专门针对猪八戒的，因为猪八戒的理想，正是农耕社会里所有人的理想。年轻的寡妇介绍完后，说：“小妇娘女四人，意欲坐山招夫，四位恰好。”

师徒四个中的三个都没有招女婿的意思，只有“八戒闻得这般富贵，这般美色，他却心痒难挠；坐在那椅子上，一似针戳屁股，左扭右扭的，忍耐不住”。你可以说猪八戒羡富慕色，但你不能嘲笑他，因为招女婿的事是人家主动提出来的，我们倒要表扬猪八戒的善解人意才是。他当即来了一首打油诗，自我介绍道：“虽然人物丑，勤紧有些功。若言千顷地，不用使牛耕。只消一顿钯，布种及时生。没雨能求雨，无风会唤风。房舍若嫌矮，起上二三层……”

大家觉得就猪八戒的条件是人家所需，一起哄，便决定他不用取经了，留下来当上门女婿吧。可是人家有三个女儿，谁嫁他好呢？“娘，既怕相争，都与我罢；省得闹闹吵吵，乱了家法。”此话引起岳母的呵斥，八戒说：“那个没有三房四妾？就再多几个，你女婿也笑纳了。我幼年间，也曾学得个熬战之法，管情一个个伏侍得他喜欢。”……后来就出现了“猪八戒撞天婚”的著名喜剧，结果一个也没抓着。“女婿，不是我女儿乖滑，”岳母说，“他们大家谦让，不肯招你。”猪八戒急了，说：

“娘啊，既是他们不肯招我啊，你招了我罢！”

我之所以不厌其烦地引用原作，目的在于猪八戒的所作所为，是很有典型意义的。首先在于，他是个直肠子，头脑太简单，压根不想想世上哪来这等好事！其次在于，他真是一个少有的痴情汉子，非要把爱情进行到底不可。而且他一开始，吹嘘自己幼年学过“熬战法”，要把三个女儿全笑纳！当一个也没能得手时，他并不死心，竟然要娶丈母娘！这说明什么问题？这说明猪八戒的顽强和变通，高等理想落空了，就追求中等理想，中等理想落空了，就追求低等理想。总之，不能沦落到“剩男”队伍里，而要活着，要把日子过下去。他虽蠢笨，但不呆板。你可以捉弄他、羞辱他，可他能忍，他能不断地调适心理，降低理想的标准。反正不能放过机会，反正你无法剥夺他活着的乐趣……

吹捧使人进步

经常有朋友来电话，说看了我为某某人写的序言，再翻翻那书，“根本没你说的那么好嘛！ 你就那眼光？”“哥们，再瞎说损害你声誉啊！”“你是否拿了人家的好处，收了可观的银子，才那么使劲儿吹捧？”好处也罢银子也罢，这属于商业机密，我就不说了；我要说的是，我要再次重复的一句话是：吹捧使人进步。

我牢固地认为，人脑袋上之所以生长两只耳朵，就是专门采纳爱语美言的。 我从不相信有谁天生了就喜欢别人来批评与指责自己，除非他是傻瓜或者伪君子。 面对批评我们为什么要生气呢？ 因为批评意味着我们错了，于是我们生气，我们生气自己把事情搞糟了。 即便来自误判的批评，我们原本没有错，那我们依然要恼火，因为我们无法容忍对方的胡说八道。 正如爱美是人的天性，喜欢被表扬也同样是人的禀赋。 连孔子这样的圣人，也并不总是喜欢反对的意见。 一个叫宰我的学生，由于经常与老师唱反调，夫子便说“宰我昼寝”——无法论辩了，就拿对方的作息特点说事（暗讥人家懒惰）。

所以凡是请我作序，我又无法推辞的人，尽管人家一再强调“您一定多加批评”，但我知道这是客套话，我真要动起笔来，也照例是“一定多加吹捧”，一定要将他作品里，与他自身比较的，属于最明丽的那部分，挑剔出来褒言以奖。人家辛辛苦苦写出一本书来，书要出版了，正好比一个女人给自己的孩子过满月，她将孩子抱到你面前，问你这孩子怎么样？你怎么说？孩子漂亮当然好说；孩子不漂亮呢？甚至挺丑呢？我的态度是：无论孩子漂亮与否，我都予以颂扬：小宝贝多漂亮呀！将来能当部长啊！这么做的道理有两条，一条是所有的孩子在他们母亲眼里，都永远是漂亮的；一条是就算孩子不漂亮，那也绝不能抱怨母亲，因为母亲业已竭尽全力了。

明知这孩子不漂亮，明知这文章不入流，可我为什么还要赞美，而不是真诚地批评呢？难道我坦陈所见，孩子就漂亮了，文章就升格了？果真如此的话，那我绝不会隐瞒我的真实看法。问题在于，即便我说出我的真实看法，也压根儿不能让孩子立即变漂亮，更不能让写作者瞬间妙笔生花。批评不能产生正面效果，就好比拿打火机来烤全羊，只能贻笑大方。面对既成事实，不如吹捧得好。吹捧能让对方提神，能让对方感觉光明在前。总之，吹捧使人进步。

喜欢吹捧，是人性的一大特征。既然我们要建立“人性化的社会”，那么我们就应当抓好“吹捧事业”，而不是一概地贬斥吹捧。事实上渴望吹捧的人，一般而言，一定是因为他做了什么光彩的事情，却没有获得相应的光彩的待遇，致使他长时间保持一种“引颈就吹”的姿态，累啊，不利以后的工作啊。当然贪官受贿，那却要一定瞒得紧紧的。但人性是复杂的，有很多贪官，就真心扶助过贫困的学生——比如“结对子”——这号事情他也许出自某种自保的策略，不大乐意张扬出来，但是面对记者来写吹捧他的文章，他却多半不会拒绝，充其量“低调”而已。我此处之所以鼓励吹捧，是因为我们有一个强大的陋习：好事不出门，坏事传千里。就是说，美人佳话，必须人为努力吹而捧之，才能得以传播，才能刷新整体民族的风尚。

不过吹捧事业在当下却有些过头，及至恶俗不堪了。芝麻大的成绩，吹成地球，也罢，因为毕竟有个芝麻。而有些事情，原本子虚乌有，却也被吹上九天，被吹者竟也欣然笑纳，那就是作孽了。显而易见，吹捧在当下的经济社会里，已不仅仅是个事业，其实早就膨化为一个利润丰厚的巨大产业了。无论多么豪华的或者多么廉价的吹捧，其背后一定掩藏着心照不宣的交易。简言之：没有免费的吹捧啦。

所以我反复强调“吹捧使人进步”的同时，也要满怀忧虑地指出，如今的吹捧实在是太无原则过于泛滥了，马为稀物马屁居然弥漫荡漾，其奢靡浮华，其极尽娱乐，不是伪善不是堕落又是什么呢！因此，在运用“吹捧使人进步”这一理论时——如果它配称理论的话——一定要看清对象，一定要拿捏好尺度。不分对象，上场就是一阵猛吹狂捧，如同赞美盲人不看世界是因为他更注重心灵生活，表扬残疾人走路是由于他品行谦恭，夸奖侏儒则是为了更方便地呼吸泥土的芳香……有言在先，如果因此而导致挨板砖，请不要找我的麻烦。

我的话有点道理吗？如果有，您就给点掌声吧。我，也喜欢吹捧哩。

我欲书文“复婚”

自幼至今，大抵没有中断过毛笔字的涂抹。但书中有何法，其间又有怎样的美妙，却未曾揣摩过。年已半百，做小说散文，才思与体力明显困难，友人建议学书法——既健脑养身，又可服务社会，岂不快哉！

于是购回大量纸墨。然而写得非常吃力，毫无快感可言。尤其怕人提了烟酒来求字，拿了现钞来买字。因我向来唯美，做人还算厚道，总要把字写得自以为十分好了，才对得起人家的钱物。所以不难想象，我要糟蹋多少纸墨，损伤多少精神！此时几乎放弃了写字。

有两件事刺激了我。第一件事，某风景区请我写篇文章，五百字，五千元润笔。我读了几十万字材料，耗时半个月才写成。可是人家请位书法家录抄，一挥而就，便得了五万元报酬！脑力如此廉价，手力这般昂贵，世事真乱套了！于是书院门里，买回一摞古帖——不临习吃大亏呀。第二件事，是连续三位书法家邀请我去看他们的个展，听大家的品评，说这个字是米芾的，这一笔是王右军的，这种结构布局来自王献之的《中秋帖》，独无一人涉及文字内容。一瞧内容，从头至尾，全是古人的名句。绝妙的是，三个书法家全都写了苏东坡的“浪淘尽千古风流人物”。返后极为慨叹。“大江东去”诞生后，书写者何止亿万也，谁家书写成了千古名作？皆“浪淘尽”矣。何也？

案头正有《中国传世书法》三卷，翻览一遍，竟无一件是录写别人的内容。这就明确告诉我们：一切伟大的书法家，首先，也原本必定是个文章家，他们提起笔来，并非要过书法瘾，而是要抒发感情。可是硬笔写字以后，尤其电脑之出现，文章家再也不晓得书法之奇趣了，书法家再也不理解文章之博雅了。看一些作家写字，其做派是才子狂草，细看则如保安追贼。偶尔也读到书法家的文字，其造作扭捏，真不如欣赏村妇撒泼。这一切恶俗，皆是书与文剥离所致。因此我写毛笔字，并无企图成为书法家且抢夺他们的饭碗（事实上也抢不来），我写毛笔字只是企图让离了婚的书与文，在我身上复个婚，“还我河山”而已。

在电子邮件发稿的同时，我总是毛笔起草文章，然后录入键盘。有时感觉某手稿不错，但缺憾明显，便重新抄录，以求完美，幻想能进入“名帖”之山。结果无论抄录几遍，皆不如原草稿好。于是更明白了一个真理：好字并不是想出好字而能写出来的，好字只能诞生于脑子只想文章而忘记写字也。字欲独立文章之外而成好，犹如月光脱离月亮而存在，花香隔断花朵而散发，皆是缘木求鱼之举。写别人的文章而成书法家，是可笑的，充其量算个“租赁书法家”，终难成大器也。

无师难通艺，所以要无休止地临与读。临是手读，读是目临，目的是见贤思齐，希望有朝一日，写出自家的个性。临与读更好比士兵操练，以使战争来临可以决胜千里。所谓战争，亦即我们胸中一旦荡起文章的涟漪，抓起毛笔，就能比较理想地落实到宣纸上。纯粹临帖，纯粹抄录别人诗文，正如登上天安门大挥领袖之手，挥得再起劲，你照旧是你，丝毫不可能有润之气象。

练习毛笔字更有深远的意义。汉字是中国人的胎记，中国人的文化密码。庙堂与田垄，是经常冲突的，但在国家理念上，却不须商量地认同一个道理：大一统好。为什么大一统好？因为自秦始皇统一了汉字后，两千多年来，我们就认为大一统好，我们乐意在汉字统一的大家园里生息繁衍。即使窝里斗，我们也用汉字斗。所以把汉字学好用好，就是从最细节处爱国。如果再用毛笔将汉字写成美丽的书法，就是个爱国主义者了。汉字是永远的中国结。汉字与汉字书写的大量出口，是中华民族复兴的最伟大的征兆。

但是就我个人而言，我写毛笔字根本目的是希望安静自己，希望从物质世界投奔到精神世界。没有宗教的人生是很苦的，所以我将读书写字当作宗教，日渐获得一种大自由。

人毕竟俗身而生俗欲，比如渴望表扬，帝王乞丐皆一样。如今流行购买表扬与自我表扬相结合，人数之众统称为“二表人才”。因此我也就不必脸红地胡诌了一首自娱自表的诗：

书本无法随云游，乱雀剪雨风满楼。
鸦池出管魏晋刻，鹅宣落毫唐宋轴。
中年临写因乏味，健骨养眼封纸侯。
八代过后逢我字，老夫当时未吹牛。

紫阳腰

周末无事，车游紫阳。小时候就喝紫阳茶，年至半百竟未去过紫阳，不够人啊。紫阳在汉江边上，猜想是很通达很便捷的。没想到实在难走！坡陡弯急，一山爬过又一山，偏又遭遇道路维修。不维修不行，因为路面被修建高速路的载重卡车铲车轧得坑坑洼洼，车行其上全然一种踏浪滚珠、大老爷坐轿的感觉。好在翠色染目白云亲颊，别有一番俗外之雅呢。翻过三座山，眼底终于浮出一个城，火车的闹，船笛的叫，顿时没了清净。细看紫阳县城，果然是重庆的浓缩，看不见碟子大的平地，怎么办？山腰上凿一个凹，凹处凸起一栋楼。就这么锛石凿凹，就这么起房凸楼，硬是在夹江的山腰上，锛凿叠垒了一个城。所谓的码头城市，压根不在乎有无平地，但求两河交汇，能把舟楫勾留缠绵住就好。浩浩任河，正是在此融入汉江的。

想不出如此一个城怎么生活，大概吵架也拉不开距离，吵着吵着就勾肩搭背了，干活时则又需要捆上安全绳吧。待到进得城里，但见街道逼仄车辆单行，却也店铺比邻，色彩炫耀嗅觉缤纷。楼房的窗口玉腕一招，欲亲芳泽的话，你得车路上起伏旋绕一大圈，方可“执子之手”。及至日落西江夜色袭来，忽见华灯绽放。时值秋老虎季节，人们简上衣而短下裤，为的是让胳膊腿儿尽可能地吐热纳凉。尾随人流浪进商场，再踏梯而上，发现商场顶部竟是一个很大的广场。如此叠床架屋式的建造格局，简直一个香港袖珍版！顺音乐声溜达过去，见爷们围一个圈子。圈外踮脚看圈里，呵呵，一大群娘们健美操练哩。那么肥沃的胸脯，那么柔细的腰肢，那么风致的身段，还有必要操练吗？看来娘们是大公无私的，因为娘们的操练纯粹是为了大饱爷们的眼福。所以娘们，脚一跺媚眼子同步甩出几丈远；水腰一侧一扭玉臂一斜扬，头发又抛上月亮了。娘们就不怕惹事？反正我怕惹事，手一背，走开省心。

夜里看一个资料，上面说：“紫阳腰，汉阴脚，安康女子爱做作，要看水色下白河。”紫阳、汉阴、安康、白河，是安康所辖的四个县名。当然安康如今叫市了。人生之美，十之八九由女性呈现，所以每一个地方，都把当地女性美的特点，以歌谣的形式提炼出来四处传播，犹如眉心上点胭脂，属于潜意识里的营销招徕术。而女性美的具体表现，当然是以身段最为紧要。身材之标致婉约，则绝对依赖腰肢的拿捏烘托，如此才叫一个动人。何以动人呢？细柔也。何以细柔了就好呢？有可能“把握”也。面对一个桶箍缸腰，爷们顿觉自己胳膊太短，大丈夫的自雄荡然无存，悲观主义随之而来，一声叹息，家国大事再也不来兴致狠抓落实了。

紫阳娘们何以生出如此之腰呢？次日早起遛街，似乎得了答案。总是遇见一些娘们挑着扁担，忽忽闪闪地来了，忽忽闪闪地去了。两个担笼里，是白嫩的豆腐，是带露的青椒，是拖泥的新藕，是出江的鲜鱼。忽闪忽闪而来，营养于客官；忽闪忽闪而去，生计于家庭——终于忽闪出一腰的风情与柔韧。

返回时选了一条新路，更觉得这个汉字“腰”似乎是专为紫阳所造。路是依旧忙着拓，车是依旧不住地停。好在村村通了水泥路，绕道便是。实际上无村可言，因为紫阳人家，一概散布于山之腰岭之凹。那些粉墙青瓦或者石板房，如一栋栋达官名流的别墅，落座于青坡，半隐于绿峦，恰如次第展开的山水长卷，新意频出却也可四字概括——山腰人家啊！坡是这么陡，劳动的间歇，估计站着就能睡着，反正躺着跟站着没啥两样。如此之地，竟不时见到三五块石头拦一巴掌小塘，居然就荷叶田田蜂蝶频访了呢。至于竹子，此等俊逸灵秀之物，更是家门掩映垂瓦叩窗。所以这里的狗不咬人只摇尾，充分体现了淡泊无争的“竹下之风”。然而爱情却是要争一争的，不争就违背了好土选好种、良籽择良地的生命法则。对面山腰间，一个女子采茶，那臂腕那秀发那随风起伏的薄衫，动而态之狐狸般妖娆，直要扑过去骚个情！可是你得下山，然后再上山，等你气喘吁吁爬到女子脚下，没准人家正跟别个后生亲嘴哩。怎么办？赶紧喊山歌勾她！山腰上长大，就如此这般的，人人成了好歌手。

紫阳一名，出自道家。道家是中国唯一固有的宗教，汉江是汉文化最核心的源泉之一。道家以水为善，以茶为慧，以山为美，以歌为雅。落日岭上，渔火江中，朝晖夕阴大自在，不知功名利禄为何物。如此怀柔万物和谐自然，所以就懒得，也不屑于出现大人物了。这一结论或许荒唐，但你若是见了紫阳娘们的柔媚之腰、紫阳人家的栖居山腰、紫阳位于陕南境内的汉江之腰，你大概要颔首一笑了。

霜天自在

饭后百步走。出单位、过马路，进了环城公园。远远地，迎面并排走来两位女士，身材跟车模似的，稀罕呢。其中一位，可能是因为腿很美吧，就穿了半透明的黑色丝袜。报上说近来气温下降厉害，可人家依旧丝袜而透明，以美腿而娱大众之目，有奉献精神，当获表扬才是。

两位女士走近了，一瞧容颜，俏丽婵娟，需要五百字来描写。考虑到没人给咱稿费，作罢。与两位美女擦身而过，大约一支烟工夫，忽然觉得不对劲。原来，我不曾回过身去，目送她们的背影啊！而过去，却总是要回身目送的。

我坐在石凳上，晒太阳。起初有点悲哀，悲哀自己老了，对美女都没有反应了。可是倒过来一想：自青春期开始，近四十年来，每见美女就反应，又得到了什么呢？哥们爷们，你们捂着胸口回想回想，你们一定如我一样经历类似，我们遇见美女所得到的，无外乎是感慨、幻想、耗时、费钱，以及担惊受怕，以及自损形象、丧失尊严、欺骗家人、抑郁失眠……而今天的这一刻，上述的所有负面词语，将不再与我如影随形了。我自由了，我解放了。 我不再成为该死的身体的奴隶了。 是的，我们干的大多数事情，并非我们真的需要，而是身体的示威与煽动。老子说，我的最大烦恼，是因为我有一副臭皮囊。

回到办公室一看，原来节令过了霜降，顿时明白了。

霜降了好啊，万物恢复了本真与静美。 艳阳巡窗，濡笔以墨，欣然记之。

山阳印象

山阳是个好地方。这是一句废话，因为祖国无处不好啊。但是山阳的好颇有自己的特点。当然首先是山很高很大，很多人住在山腰山坳里。说是山里人，但是山阳人的骨子里却很浪漫很时髦。电尚未通时，他们便把电视机、洗衣机买回家里，晚上拿手电筒晃着电视机哄孩子玩儿；洗衣机则用来装粮食。许多山路几乎直立，但是爬上去一瞧，却有平缓的土地、如画的房舍。人们从山下像抱孩子似的，将小牛崽抱上山，饲养大了耕地。牛大了笨重，再也不可能下陡山了。

山阳的河流很长很大，因此多数人还是住在山下的河边。山阳的流水真叫任性，想往东流就往东流，想往西流就往西流。要么流到丹江，要么流到汉江。总之最后流入长江。所以这里人的祖先，多半是从南方上来的，俗称“下河（湖）人”，学术上称作“楚人”。在秦始皇老哥统一中国之前，作为大陕南之一的山阳县，属于典型的朝秦暮楚之地。当初有本事完成统一大业的，不是秦国便是楚国。野蛮是经常战胜文明的，所以统一天下的使命，最终由野蛮的秦国狠抓落实完事。但是治理天下，则非文明手段不可。所以秦帝国只存活了十五年，便将天下被动地交给文明的楚人来管理。这就是中华文明又称汉文明的原因。狭义地讲，汉文明就是楚文明。

很多人说山阳人爱告状，动辄打官司。如果是真的，那也恰好说明这是一种文明。兄弟们想想，出了纠纷和矛盾，是揭竿而起、该出手时就出手好呢，还是打官司诉诸法律好？人说山阳人不好惹。所谓惹，是欺负人的意思。你不无端地欺负文明的山阳人，山阳人便热情地款待你，哪怕借鸡蛋炒菜下酒，也要让你一醉方休。

“山阳的脸”，是说山阳的女子容颜娇美。据说到山阳工作的外地男子，常犯“作风问题”哩。要我，也抗不住啊。不过更多的时候，人们只是对山阳女子付诸欣赏与审美。山阳女子说话，极其悦耳——介乎朗诵与歌唱之间：清脆婉转，缓急有度。山阳女子喜酒，划拳猜宝打杠子不亚于平日里的飞针走线。所以，你心里若是装着国家机密，那你就不要跟山阳女子喝酒。她们划拳猜宝时一拉你的手，你立马醉了，啥都讲出来了——其实人家压根儿不需要你的国家机密。人家是山之阳的女子，而所谓机密，一定是阴暗的，见不得阳光的。

山阳有一名山，谓之天竺。真叫好听，有天界佛土之意。我去过天竺山下，但是没有上去。我逛一个地方，从不一次逛完，而是留待下次。这叫“可持续游览法”。正如面对最好的朋友，也不要、更不该逼问对方的全部隐私。又好比爱情，尊重并保留对方的某些神秘，是至关重要的艺术与教养。李隆基与杨玉环就不懂这个，公然赤条条地泡进芙蓉汤里，所以最后玩砸了。

春　讯

身体是小宇宙。自观身体，便知万物变化。

前夜脚痒，以为没换袜子。可是换了袜子，昨夜依然痒。这才恍然，原来是脚气犯了！

不知何时染上脚气。初开始是讨厌的。后来释然了，因为我们天天使用脚、驱使脚，却基本上忽略了脚的存在；直到脚气发作，我们才惊醒，原来我们有一双重要的脚啊。

赶紧找出药膏杀脚气。人类号称万物之灵，其实吹牛。最简单的例证是，至今不能根除脚气，无非是着急了镇压一通。过一段时间，脚气还是脚气。

剪开药膏口，犹豫起来，并未涂抹。这脚气，是身体的春讯，并由此导致整个身心的复活。

后半夜，就有了一个奇妙的梦。一片绿云飘然眼前，音调优美地对我说："我就是脚气，很感动你对我的准确理解！山无云而直白，石无藓而乏味。我就是你身上的云和藓。由于我的存在，你便是一个'病人'，重大的病毒会由我替你疏导出去，于是你就健康地活着。你要明白，人无小恙，必有大疾啊！"

正想就另外的问题请教脚气，忽然被响声扰醒了。那一瞬间，绿云如一片风荷，再次飘然消失。原来是忘了关手机，短信叮咚如泉。我没有看，而是洗漱，早点。然后上班。

等公交车的时候，发现街两边的树木，尽管或枯或缀满黄叶，却隐约又分明感觉出，一股强大的绿意，在萌动，在发情，以呼应初显暖意的美丽的阳光——春天的阳光。

公交车上坐好，开始看短信、复短信。一共八条，四男四女，阴阳和谐，温暖怡人。

过去，我最喜欢的季节是秋天。然后依次是冬天、夏天、春天。然而去年的秋天特别肃杀，去年的冬天特别寡薄，感觉竟是平生没有过的。好在总算熬过去了，于是平生第一次发觉：春天，确实好。

春天，你好！

传统的特征是文雅

“中华”一词的来源，说法很多。一说是源自山西的中条山、陕西的华山。我比较相信这个说法，因为黄河正是在此二山之间拐了一个大于直角的巨大的弯儿。河山壮丽，就是说的这个伟大的地方。而华山之神之奇，凡是登临者莫不深受震撼，终生难忘。此山有五峰，峰峰如剑直指苍穹。五峰的根基呢，居然是一个整体，像一个五瓣蒜，更像一朵莲。于是华山成了中国固有的道教之山，是自然而然的。

《周易》里有两句话：“刚柔相济，天文也。文明以止，人文也。”我猜就是说的黄河华山。简言之，黄河华山是中华之根脉，中华文明之符号图腾。

如今的美国是世界老大。老大了六七十年。可能还要老大个几十年。中国人如不努力的话，美国人将继续老大很长的时间。中国人怎么努力？我不知道。但我不妨谈点“书生之见”。

国家的武装力量必须提升。比如核武器，用与不用是一回事，有与没有那就大不一样了。这就叫大而无用。或曰：无用者，大用也。正好比你会一套拳脚，你并不想打谁，但是谁也不敢惹你了。这就是硬件的意义，道理尽人皆知。

但是一个国家是否能够真正强盛，最终还是取决于该国国民是否文雅。中国强盛，中国人要文雅，秘方尽在传统文化中。比如孝道。孝道是中华文明中精髓的精髓，只是由于皇帝们将孝道与忠君等同起来，并捆绑式营销，于是招致五四运动的战将们痛击狠抨，结果导致“文化大革命”时，竟时闻“打倒我爹！”的口号。

改革开放初期，有出国者见洋人父子同下馆子，居然各埋各的单，竟大肆叹赏其文明。其实是愚昧，如同两只狼进餐。孝，是人类独有的，或者说是唯有中国古人做得最好的一大美德。许多年前，一部电影《世上只有妈妈好》，博得江河般的眼泪，可笑至极。狗母亲、猫妈咪，对狗儿子猫闺女难道不好？动物皆有的本能嘛。倒是孝，才将人类与动物深刻地区别开来。如今到处是不仁不孝，令人唏嘘。

仁义礼智信是传统文化的大致概括。这固然常被操作成伪善，但是它的旗帜口号，总归是好的吧。此处只说其中的信。比如看病。费用贵得出奇，重症室一天要花一万元，一年能挣多少钱啊？这且不说，谁让你想活命呢，人家又没拿轿子抬你来。关键是你一欠费，哪怕你在借钱到手后急往医院赶的途中，只要你没有将钱缴进收费室的窗口，人家依然先停了药！我推测医院之所以如此因钱而废弃救死扶伤的人道主义，肯定是此前吃过亏——病人说得好好的病好出院马上送钱来，结果一出院就蒸发了！医院总不能再设一个“讨费科”，给大家一人发杆猎枪，四处追讨医药费吧。医家与患者互不信任，都悬心于一个钱字，你说这叫什么民族？ 复何言以文雅！

从文艺层面看——文艺最能呈现国民的精神气象，体现中国人文雅的方面有六个字：诗酒棋，琴书剑。 诗放在第一位，不是单指诗歌那种外在形式，而是指教养，指凡人皆须有一种精神，并不事事时时拜物教。 酒，五谷丰登之余酿也，是说物质文明。 棋，游戏，健脑益智。 琴，优雅的沙龙聚会。 书，一种拿毛笔写汉字的艺术，当然包括读书。 剑，身体好，引申为有正义感、君子风，太极拳也属于剑的范畴。 但不包括高尔夫球。 高尔夫名声很臭自有其原因，关键是有悖国情。 人均耕地如此少，你却霸占那么大的面积，抛击那么个小玩意儿！

诗酒棋，琴书剑，喜爱或精通其中一二，自然就有了情操与情趣。 于是才像是一个中国人，一个曾经数量众多的、文雅的中国人。 比如唐朝的中国人。

四君饭落霞

说老实话，我是极讨厌“吃”字的。吃，固然是人生头等大事，却难说是有趣事。比吃好玩的事，实在是太多了。即便围观棋摊，抑或追看游狗恋爱，也胜过心结一个“饭”字。话虽如此，终究因为不吃不行，有时如果不亲自下厨，便要挨饿。就说前天吧，我切萝卜炖排骨时，忽然冒出一个疑问，就发信请教植物学家苏小记先生：萝卜算水果还是算蔬菜？排骨都炖好了，他才回信道：“你当它蔬菜吃，它便是蔬菜；你当它水果吃，它便是水果。”你瞧，所谓科学越分越细，不过哄小孩罢了。

土豆、南瓜、四季豆，此三君类归粮食还是蔬菜呢？如果加上第四君——就是眼下这个身清眉爽的季节里，那将熟未熟的玉米粒儿——四大君子荟萃一锅，一海碗捧你面前，你纵然正闹离婚，大约也会把离婚暂且搁下，先享了口福再说！

然而，若要分散你的离婚之愁，这四样食材的制作，则需一番讲究的，否则难以馋你。四季豆，先撕其筋，再折寸长，洗净，控干水分，以免入锅时油珠儿溅衣烫手。土豆去皮，切成滚刀块，个头略大于板栗，同时涮净外渗黏汁，否则糊状。掰下鲜嫩的玉米粒，淘净。至于南瓜君，当切成小四方墩儿，大小类似老木匠齐白石的印章，拦腰一断为二。四样主食配齐，葱、姜、蒜、椒等九种调料，小碟列案、待命牺牲。至于究竟哪九样佐料，以及下料的剂量与次序，不好意思，我得保密。一个典范国民，总是自觉捍卫知识产权的。

四样食料的脾性软硬各不相同，因此入锅顺序也要随之不同。锅油烧至半红，豆角下去，翻炒时指漏微盐。拨拉一分半钟，注水少许，焖四分钟。接着玉米粒下锅，微量盐，搅拌一分钟。然后土豆倾入，均匀掺和，乱炒一分半钟，微盐以随，注水。水淹三君，只剩三两个钓鱼岛露出水面时，水止。猛火煮沸，迅即文火。缓炖五分钟，南瓜君下锅也，盐半匙也。其间依次添加佐料。大约十来分钟后，熟啦！

忍不住泄露天机的是，如果福临众口，制作者恰是一位身孕四个月的少妇，啧啧，那味道，那色气，你闭了双眼想去！这其中的妙理，源自厨祖伊尹及东坡食谱。有学术考究癖者，不妨披阅相关典籍以证。

这道美食，是我童年至今，最为喜爱的。它的卓越风范在于：粮食与蔬菜浑然一窝；色如秋山春水，温软而省牙；味比云肉笋泥，喜悦于腔腹；充养于肌体，焕然于颜眉，足以醉倾玉山，羡煞鬼神。且不须摆设丝毫的花架子，唯一碗一筷而已。傍晚开吃，天人交融。人手一海碗，或蹲檐下，或倚猪栏，或坐卧于树荫岸石，或环步于柴门竹院，或索性走家串户，吧唧之声惊哑了树枝上正要发言的夜莺。如此之摆头耸肩伴颊震，烫舌挤眼引腮抽，不无炫耀于左邻右舍之嫌——却断然不会招惹仇富心理。因为家家都有原料，馋虫儿出来了你立马操作啊……饱饱鼓鼓的了，因地制宜，一斜一靠全然随意。一个饱嗝儿蹦出口腔，如炮兵射出的一枚核弹。核弹直飞西山，瞬间与那颗红软气球似的夕阳融作一团。但闻似乎一声“咕嘟”闷响，日跌山后之渊了。这就叫饱食咏终日，腹歌颂落霞。

可是营养学家说了，晚餐不宜饱，最好不要吃。真叫瞎说！吃了睡、睡了吃，这是众生的至高境界，何苦偏要与黎民为敌呢！况且我记录的这品饭食，这品只有在我的故乡，在我的陕西省镇安县才会有的饭食，我自豪地名其为“四君饭落霞”：嘉奖于日劳、催眠于晚歇，消化于夜中、自醒于清晨。因为它少半粮食多半菜，蓄水量大啊。

艺术当有富贵气

很多作者喊叫出书难，但我又分明是，几乎每天都要收到新的文学书籍。通常是书中夹有请柬，甚至几张百元大钞——请我写个评论，吹他一捧。我一般情况下，把钱退人家了。读这类书费时间，无美感又不长见识。但是碍于情面，却也经常参见某种特定的饭局，即“出书饭局”。某君自费出了一本小说，或是散文，因为没有市场接受，便全部拉回家里。堆在家里不是长法，便设饭局，摆上几桌，请朋友和新闻记者来“吃新书”。有条件这么操作的，无非两种人——有权人，有钱人。显然，绝大多数的文学爱好者，是玩不起这个的。

二十多年前，我便发现这种现象，但始终不忍说出来。许多人因爱文学而找不到工作、娶不到老婆；有老婆的也因文学之穷而被离婚了。我曾劝过一位哥们暂时放弃文学，可他说：“文学是特权吗？文学是妓女，你搞得，我为何搞不得！”我有话可说，但我没往出说：你见过谁没钱还搞成了妓女？

文学艺术原本是人类的精神活动，属于典型的“饭饱生余事”。至于稿酬啊润笔啊，那是文艺作品及其审美过程的派生物，文艺家自身是很不宜考虑是否赚钱的。有一位名画家对上门购画的画商说：“你先把这一布袋钱扛走吧。钱在这里我当然也能画，但作画时满怀功利心态，作品反倒没价值，交给你我心不忍也。我只有在无意间来了兴趣而作的画，那才叫好！积攒够了，打个电话，你拎钱布袋来取画就是。”

此画家让我十分钦佩！他不仅深谙艺术之道，更在于他面对一布袋钱时所展现出的富贵风度。是啊，文艺原本奢侈事，衣食无忧可图之。你可以保持简朴但非寒碜的生活，才能以富贵的胸襟创作文艺。富贵气说穿了，就是你站在一个超越功利与俗众之上的，非凡的高贵度。

洞府内外皆有趣

天下的山洞，我是钻过一些的。当然没有徐霞客钻得多。之所以用一个“钻”字，是因为日前逛燕翔洞，居然一直反背两手，漫步入洞府，昂首走出来。洞中仅有两处，需微偏脑袋也就通过了。于是排序我涉足过的洞们，燕翔洞就名列第一了。为什么呢？人在俗世，难免时常点头哈腰；游玩山洞时，若再弓背如狗、撅臀似猪般钻进去钻出来，那就活得太窝囊了！故自此以后，凡是需要摧眉勾首之洞，我是一概不去钻的。

燕翔洞位于陕南的石泉县境内，汉江南岸的巴山之中。我一向喜欢“楚山”二字。巴山呢，我感觉它大约属于广义上的楚山范畴吧。这片土地，在古代曾文明过一个叫“庸”的国家，风雅自在，与山林水草和平共生。后来被楚国吞并。据说儒家标榜的中庸的“庸”字，即借鉴于庸国的生活风度。人，是大自然的无数杰作之一种。人的外貌与性格，常常是其生活地理的形象化。此处的山，组合起来固然也有一种雄浑无涯之态，然而单个看去，却并不峭拔凶险。一如这里的人，似我这等海拔，混迹其间，竟有几分自鸣得意。

燕翔洞中景，委婉而通脱。四壁景观，一概鬼斧神工：造化成雕像，天然出画图。道路平缓中庸，起伏于不知不觉间。最是神奇处，洞中很深的地方，竟有三两畦碧草。将草们放大了看，既像椰林，又似橘园。人说是蝙蝠抑或灵蛇将草籽从洞外带进来的。不见阳光依然生长，道理安在？药物学家若有兴致，不妨亲临现场，采集样本科学一番，没准正是秦始皇当年苦寻不得的长生仙药呢。

洞府之外亦有趣。电子牌滚动一条广告语：享受熨斗古镇泡汤会。望文生义，该地当有温泉池吧。男女老少共泡澡，莫非跟欧美的某些海滩一样？就打问汤池在哪。被问者笑了。原来所谓“泡汤”，本意是指杀猪时烫过猪毛的水。仿照词典的句式讲来，泡汤者，猪之临终开水澡也。吵架骂人时，就说“让你喝泡汤”，意在拿烫过猪毛的水羞辱你。狗皮袜子没反正的哥们关系，或者男女打情骂俏时，也让对方喝“泡汤”，则暗含亲昵。语境不同，意思别样，实在是古今中外道理相同。总之，这泡汤与洵汤会跟人洗澡是毫无关系的，后来演变为专指冬季里的一种吃喝会。远山深林之民，到了冬天，尤其腊月年关前，终结了农事，空闲了光阴，若不操办吃喝，岂不无事生非！于是开始杀猪。很难想象民生中若是没有猪，光景将如何熬过。猪之于老百姓，犹钻戒项链之于女演员，那是绝对的幸福指数啊。

杀猪的日子要提前放出话去，以使左邻右舍知晓，免得好几家人拥挤一个日子里杀猪，目的是图个天天有快活。猪的一生吃喝不愁、与世无争，所以大限之际必要花腔高音一番锐鸣，意在告别主家，往生他乡。一两个小时后，客人们陆续前来，闹嚷嚷喜洋洋爽歪歪。依照序齿，到三桌围三桌，来五席摆五席。凉菜热菜次第上，猜拳吆五喝六时。“来啦！”一海盆带肉骨头汤抬将上来，于是高潮降临，“泡汤会”开幕喽。有牙啃骨肉，啃净丢给桌下狗；无牙多喝汤，骨髓养胃润寿肠……

及至现今，猪多猪肥了，人也一概大手笔：嫌室内泡汤不过瘾，索性粉妆戏台云集古镇，太阳底下泡美汤。百桌千人围，观戏共泡之。当然主要是让老人孩子坐席，桌面皆蹲着几竹筒刚从燕翔洞中取出的陈年藏酒。没席坐的男女们挤来搡去，哪管他台上的锣鼓歌舞是何内容，他们只图个拥挤，只图个交流体温，只图个不能错过眼下的福利。忽闻一声谑骂：“该死的！”寻声望去，是那个红袄少妇，下穿肉色拉绒裤——猛一看像是没穿裤的那号裤。她身后的男子连连后退，也是一脸谑笑着辩解道：“不是我摸的！不是我摸的！”“小心揪掉你耳朵，把你也泡汤了去！”“嫂子要是那样不嫌弃的话，还不美死了我！”……“闪开！”“让路！”喊声出自端盘子的小伙，盘子里的肉之艳、菜之嫩，气息之氤氲、味觉之难拒，但看一眼、只嗅一鼻，也就醉了！

母亲今天过生日

壬辰年，冬月十九，母亲七十七周岁生日。可是她离开尘世，已经一百五十七天了。自她去世，我再没有动过炊具。今天要动。早上去菜场，买了豆腐、莲花白、胡萝卜、饺子皮，给母亲包饺子，过生日。

母亲一辈子不提自己的生日，从不准人操办。她过去的生日那天，我也装作忘记，只是陪在她身边，看书写字，间隔着与她闲话几句。其实双方，心照不宣的。

母亲长期独自一人住在老家。年轻时茶饭特别好。后来身体有病，吃饭一概胡乱对付。做一顿吃两天。只有我回家了，才给她改善一下，擀面包饺子什么的。

前年秋天接她到西安，自此直到去世。我每天上午给她做了饭，她坐在阳台上吃饭，我在她身后的书案上工作。或者她开始吃的时候，我上班走了。

母亲六十岁时，每顿能吃二十五个饺子。今年春节后，也还能吃十五个饺子。后来不断减少。端阳节时，只吃了三个饺子。最后一次，给她舀了三个饺子，她只吃了一个。儿子毫无办法！

母亲年轻时抽烟喝酒，对酒尤其喜欢，每晚睡觉前都要抿两盅。后见儿子烟瘾很大，她便率先垂范，把烟戒了。可惜母亲的示范没起作用。后来得了支气管炎，酒也不能喝了。逢年过节时，只让她的嘴唇沾一点酒完事。

给母亲献上饺子、酒、烟，她能享用吗？她又在何处？天晓得！不过是活者安慰自个儿罢了！

老子第一

五十岁后，记忆力下降，眼睛老花，读书量大为减少。于是调整战略，多读大书。所谓大书，就是大千世界、众生风貌。书籍，一概是世界的折射。直视世界，无异于直接阅读原生态的书。所以能外出的时候，就尽量外出。

日前受邀“大道西行——重走老子出关路”，历时五天，感觉确实读了一本大书中的几页。

老子是东方的亚里士多德，或者说亚里士多德是西方的老子。这两个老汉分别开创了东西方文明，如雪山之融，发源了人类精神疆域的千江百河。而且我们的老子确实更老。他出生一百八十七年后，亚里士多德才呱呱坠地。因此“老子天下第一”之说，是无可争议的。老子的寿数也可能是天下第一。人们最后一次看见老子，老子已经百岁了。百岁后的老子又活了多少年？史书只有四字记载：不知所终。在春秋末期，人均寿命不足三十岁，老子居然如此高古，其实并不奇怪。老子能写出伟大的哲学《道德经》啊，身心双修而高年，那是再自然不过的事。而亚里士多德呢，只活了六十二岁。又以文学的高端标准来看,《道德经》无愧于一篇“众妙之门”的空前绝后的散文作品，因为它既鉴定了宇宙，又结论了人性，作者理当寿比南山。

亚氏哲学的精髓，就是西方人不断夸耀的所谓“科学与理性”。不过事实证明，将科学与理性强调到极端的地步，恰恰是不科学、不理性的，因为它忽略了万物之间的你压根难以看清的模糊性关联。雪山之莲与井底之蛙，亚氏认为互不相干，要各研究各的；老子觉得两者之间一定存在着关系。《道德经》正是如此混沌苍茫，如哈勃望远镜里看到的宇宙气团，大而化之，唯有体悟，不可言说。

老子是楚国人，其故里在如今的河南省鹿邑县。我们在古乐声中，正要开始祭祀仪式，天忽然下起雨来。仪式结束，雨水戛然而止，太阳破云而出，太阳如老子那婴孩般的脸庞。老子认为，人生最幸福，亦即最高境界，就是如同婴孩般天真无邪的状态。第二天到伏牛山中的栾川县，拜谒老子隐居地老君山。天空蓝洁，花木竞妍。女讲解员杏面桃衣，出口成诵《道德经》，令人惊讶复喜爱。“八十一章你都能背过了？”女子说没有哦，只背了三十三章。问结婚否？言答没有。我建议她背过一半后，赶紧结婚。她问为何？我说：“背完《道德经》，你就聪明绝顶了，天下的所有男子，没一个能让你看上啦！”女子粲然笑道：“老子曰‘美言不信’哈！”

第三天访问函谷关。作为战争关隘，函谷关早已退隐史海。但是作为文化与文明，函谷关则永恒地记忆着东方智慧的诞生。两千五百多年前，函谷关令（大约科级干部）尹喜望见紫气东来，知圣人将至，遂虔敬恭候。果见一鹤发童颜者，骑着青牛——也许是坐着牛拉车——来了，正是老子！ 尹喜呢，是老子的超级粉丝。 这个粉丝，对于整个人类的贡献，实在是太大了。 没有他的不厌其烦地乞求，老子是不会撰写《道德经》的。 那时的圣人，一概“述而不作”。 圣人明白，语言是很有局限性的，开言就要出错的。 当你强调太阳的不可缺少时，那么月亮的作用呢？ 小草有荣枯，英雄兴而亡，总之人事物理两相同。

河南的灵宝人说《道德经》是在函谷关写的，陕西的周至人说是在楼观台写的。 此争论只具有考古学的意义，争论与不争论，有没有结论，实在无所谓的。 意义只在：古贤著作，人类共享。

《道德经》第七十七章有句云：“天之道，损有余而补不足；人之道，则不然，损不足以奉有余。”前一句话，一再被证明是真理，如珠穆朗玛峰，据测量，正在缓慢降低而非继续增高。是谓物极必反、高极则矮。 后一句话是指人类的劣根性，如同《圣经》说的“马太效应”：富者愈富、穷者愈穷——这就叫人类的不道德！ 这是违反自然物理的，所以人类的生活始终不大理想。 老子给出简单的方略：道法自然。 穷富互为阴阳，“愈”则两伤也。

如何使穷与富共生和谐？ 有个政协委员告诉我，他说他在政协会上，每次都要提醒老板们：“你们要多做公益事业，多多扶危济困。 这其实是为了你们自己的利益啊。 你们若不这样做，迟早会遭遇‘打老板、分二奶’的场面！”——这就叫效法“天之道，损有余而补不足”，不如顺其自然，主动地损余补缺。

期待天清气明

编辑女士来电约稿，说一年又尽、元旦再来，望能说点感想与期待。我说哎呀几十年了，类似的时节谈类似的话题，已经好多次了，确实没有新东西好谈的了。对方说“随便谈个千儿八百字吧”。看来不宜再推辞。人家只是向咱约文章，咱好赖能写嘛。又不是问咱借钱，或是邀请咱参与探月卫星的研制——皆是咱没有的，或者不能的事。我曾提醒一位组织部部长，接待基层干部时，大可不必满脸严肃，泰山压人的做派。你就是管“官帽子”的，手里有那些玩意儿，人家又不是问你要军火，或是求你转让苏东坡的真迹！

年尾最让人高兴的是“嫦娥三号”成功落月，最令人郁闷的是大面积的连续雾霾的天气。至于过一阵子便有一个高官因腐败而落马，却是家国不幸，那感觉全然是亲属们焦虑地守候在手术室外的长廊上，祈祷着刀落病除啊。

我看还是大而化之的好，说说天气比较有眼色吧。无论是谁，只要你每天都出行，那么天气就是不分贵贱、人类共享的福利，是不容置喙的幸福指数。雾霾是否全因人为？那倒也未见得，因为雾霾肯定是古已有之，否则祖先不会创造雾霾（或阴霾）二字。但是不难推想，古时的雾霾决然没有现在的雾霾如此扩张肆虐。赤壁大战时，诸葛亮草船借箭，凭的是“大雾垂江”。只是那雾里，是不含或极少含有害颗粒物的。换句话讲，现在的霾，是现代化建设的副产品。准确讲，是人为折腾导致的。不用说日益增加的汽车尾气排放了，就是一幢楼房，未满三十年，拆！一条街道安生不过春秋，挖！一棵树栽下没过两季，伐！一个路标不足仨月，换！……有人说这么做，是为了投资啊为了就业啊。以中国人的聪明眼力，大多能看出此种弊端的原因。但是，或者又假装看不出，反倒兴味盎然地参与其间，因为关乎自身的钱袋啊。

所以我希望新的一年里，多数的天气是比较清明的，多数的道路是比较安宁的，多数的睡眠是比较有效的……用“比较”二字，是因为我还知道点“病去如抽丝”的原理，虎狼药比较——又一个比较——适得其反。

说到自身，也要反个腐败：多写文章少玩毛笔。为何玩毛笔是腐败呢？因为作家醉心毛笔字，跟官员迷恋高尔夫一样，均是奢侈与堕落。

后来先去

近来十余天，每晚新闻联播前后，牙疼。发作时间准时，疼的时间也保持在一个半小时左右。但这一个半小时，很难熬，很漫长。所谓凡人皆爱感慨的，什么光阴如流、白驹过隙、人生短暂之类，前提是这个人的生活还算如意。如果缺吃少穿，或者这儿难受那儿不舒服，比如牙疼，便一定觉得人生太漫长。

昨天应邀去浐灞参加一个媒体征联颁奖活动，嘉宾多为书法家。我字丑陋，只好以自撰内容取胜："阳关三叠妙；浐灞二水清。"结果今天见报时，误成了"阳光三叠妙"。记者发来短信道歉，老夫一笑了之。办报纸不出错，那倒是个怪事，犹如凡人竟有不曾牙疼过。

昨天返回的途中，并未到新闻联播时间，牙齿居然疼了一阵。看来这牙，大概要不定时地疼了。不如早点应对。所以下午在公交车里，隐隐觉得牙要疼，就想这附近有个军队医院。于是立即下车，径直去医院。眼前走着一位白大褂，便喊问："小伙子，在哪看牙？"青年医生转过身，说就在前面楼里，一楼。身边同行一个老头儿，说他此前看过牙，让我随他走，同时嘀咕着看牙收费太贵。医院收费贵，举国皆知道，喊叫也无奈。我身上带了一千多元，应该够吧。

结果口腔科不在一楼，在四楼。老头儿上六楼，显然是看其他病。一到口腔科，是个大客厅。三个白衣姑娘齐声喊道："叔叔好！"同时迎围上来。这原本是医院对患者的应有的态度，但我心里却是"咯噔"一下，假想这三个姑娘的内心道白，不是什么"叔叔好"，而是"钱来啦"。

挂号费三元五角。然后登记，让留下手机号码。我说不必要吧，手机经常接到垃圾短信、推销电话，可能正是此类场合外泄的。姑娘们说她们绝对为患者保密，留号码完全是为了复诊时联系方便。有道理，那就留下。坐在沙发上等候，看微信。一个姑娘说："叔叔，您叫方什么文？"我说叫方英文。另一个姑娘刚从厕所出来，看了看病历，问："您叫什么英文，叔叔？"我又说："叫方英文。我的签名一笔一画，很清楚嘛，你们没念过书？"仨姑娘相视一笑，扮鬼脸，其中一个还吐了下舌头。

十来分钟后，一个姑娘拿着病历，说现在医生有空儿了，带我去看。一男一女俩牙医，皆戴口罩，年龄不好判断。根据其额头肤色，以及眼神，推测是年轻大夫。想起方才那个老头儿说的话，说如今的大医院，爱廉价雇用实习生。那又如何？老医生不都是从年轻医生成长起来的嘛。何况人生病了，事关最根本的生命体，不都是一向交给陌生的医生嘛。我也有几个医生朋友，但我没有找他们。一因他们不是牙医；二因找医生朋友再由他们介绍牙医，复杂周折，还欠人情。我坚信天下的医生，没有谁个不想把病治好的，正如没有哪个作家不想把文章写好一样。至于医生不时地过度治疗、多开药品、只图赚钱，或许“事出有因”，应属另一个话题。

男牙医让我躺到仪器下，张嘴查看。女牙医站在旁边，递器械，大约是助手。问男牙医多大年纪，回答说三十岁。心想，这个年纪好，敏感，又有几年的临床实践。他大概说了我的牙病，建议现在拍个片。牙齿明摆着能看清，需要拍片吗？也许真的需要，毕竟咱不懂牙。也许并不需要，但是高昂的医疗器械——据说比军火还昂贵——需要钱滋养啊。

拍片时让穿上特制的衣服，沉，防弹衣似的。颇感动，先不管费用多少，至少没有让病人先交押金再拍片，其他的医院，那可是不见兔子不撒鹰呢。

一分钟后片子就出来了。两位牙医与我同看，实在难看！就像科教片里，科学家为提取先民尸骨 DNA 时所拍的片子，恐怖人呐。无论美人还是帅哥，剥掉血肉，皆一个样子——难看！

现已看清，下牙，左下最里那颗牙，朝外倾倒，如同两个人走路，其中一个是单腿，必须倾倒攀附另一个两腿健全的人，才能移动。男牙医说，再过一个星期就春节，是年后拔呢还是现在拔？我说现在拔，早拔早安生。那就拔。

先打麻药。我始终闭着眼睛，不想与医生对视。如果对视，会分散医生的注意力。我自信火眼金睛，虽然目下开始老花。医生面对患者的火眼金睛，会乱了阵脚的。洞察世事太无益，常作糊涂少烦心。我刷牙时对镜，多次观察自个儿的口腔，的确是乏善可陈毫无美感。以此推想，即便古代之潘安、当代之宋祖英，假如和我现在这样牛蛙般大开嘴，也好看不到哪去。男牙医为我细心拔牙的间隙，女牙医总是适时地递上清水让我漱口。我说让你俩这么久地看我的极不雅致的口腔，我很惭愧啊——当时深感有失体面斯文扫地。男牙医说："没啥啊，您要拿烟刺激灵感，好写作么。"哦？手术时的难受，一下子被泛起的虚荣心分流了很多。男牙医说他中学时就读我的文章，不久前还买了我一本新书。未交押金先拍片，是否与此有关？想起方才三个姑娘，一再故意喊不准我的名字，无疑也是我的读者，故意逗我的乐子吧。都说文学不景气，看来未必。当然卫生界教育界属于知识界，爱读书的人多也是个原因。

忽然想起儿时，听母亲说，如果一个人长出三十六颗牙，那便是富贵齐天，要当皇帝咧。女牙医笑了，说那是传说："您就是富贵牙呀，满口牙，三十二颗啊！"咦，以为女牙医只是拿药、递钳、换棉球，没想到还同时点数本老汉的牙齿哩！

历时七十分钟，总算将牙拔了出来。男牙医说由于该牙完好根深（只是倒压邻居牙），拔后伤口大，就缝了两针。男牙医拿钳子拨拉着盘子里的血牙及牙根，说这叫"智牙"，说这是人在十八岁左右时，才长出来的牙。第一次听说"智牙"，标准的孤陋寡闻。"这下完了，原本就不曾聪明过，如今没了智牙，余生岂不更蠢了！""方老师太幽默啦！"

看着脱离自己的智牙，一时不知所措。记得小时候换牙，按照大人吩咐：上牙掉了，丢进大门的户枢——意在上牙往下长，一任门轴磨碎；下牙脱了，则要抛上房顶——意在下牙往上长。这么做什么道理？抑或仅仅属于童话道理。面对身体之分离器件，你怎么处理？总归属于先人习俗，非物质文化遗产吧。而眼下我这颗智牙，怎么办？不换新牙了，用不着朝房上甩了。带回家，玻璃瓶子养着？也不是个长法。算了，就由院方处理吧。

心里难免伤感。此牙毕竟伴了我三十八年啊！又一想，人生下来，原本没有牙的，牙是后来报到的。牙如文凭、职称、荣誉，都是中途来的，末了都要离开的。曾经腹储结石，也自然不是娘胎里带的，而是中途来的，后来被摘除了……到了如今这把年纪，应该遵循自然法则，是谓“减法”二字也。若还稀里糊涂地胡追乱逐、抢虚夺实，岂止有违自然，简直蠢驴一头么。

女牙医拿出三张打印字纸，让我看方才的几种治疗说明。合计费用八百八十元。我签了字，顾不得左颊下颌之肿胀，拿上单子去缴费。是有点贵。然而疼的时候，别说八百八，只要你能让我现场不疼，就是八千八，也立马掏！

牙医让我三天后来拆线。索要了名片，打算买两本自己的书，签上名，来拆线时送两位。医生说我太客气了。我说不是客气，是表达个谢意。接过名片，乐了。男牙医叫严熙，女牙医叫徐曌——帝王女皇哩。瞧我这牙，拔得多上档次！

文化人就是人际关系很美好的人

读报时看见关于“文化人”的讨论，很有意义，也很及时。因为当下的生活，看起来满眼“文化”，其实骨子里又十分欠缺文化。“文化”一词，概念很古老，是指人类在特定时空里所创造的全部的物质财富与精神财富，以及创造的手段与技艺。如果分类，则相应地派生出政治文化、建筑文化、饮食文化、丧葬文化，等等。其中政治文化位置于高端，担负着引领所有文化趋向文明的重任。孔夫子的政治梦想，便是希望人人事事皆符合“周礼”之规范。文化文化，显然高明于“武化”。所以“文王”总是比“武王”更受天下的爱戴。因为“文王”不动武、不动粗，仅以“文而化之”的美德与法规，便使天下和谐，人人相敬，安居乐业。

现在说的文化，或者说讨论什么是文化人，各种定义和见解，应该说也没有错；不足的是概念太狭窄。笼统地讲，凡是受过起码教育的人，便大致属于文化人。简言之，所谓文化人，就是知识分子。比如教育界卫生界科技界新闻界文艺界……不过严格说来，这一切“界”，只是职业的划分，与其是否“文化人”三字，并无必然关联。以上诸“界”，充其量文化人的所占比例，可能高点而已。讨论这个，窃以为属于枝节问题，似乎没必要立即搞清楚。

在我看来，是否文化人，与其是否有文凭、在哪个行业谋事，是没有关系的。因为与“文化人”几近同义的词，是“文明人”。我个人对于文化人一词的最简单的注解是：把人际关系搞得很美好的人，就是文化人。此中的核心词是“人际关系”，小至家人邻里，大至邦国交往。你可以是无神论者，但你至少应该对于佛教的“众生平等”表示敬意。仁、义、礼、智、信，几千年来一直强调，当然时下更要继续强调。但是这个，不说也罢。要说透的是，为了生存，你可以自私，也需要自私，但你必须理解并充分照顾到别人也需要自私，时刻警示自己千万不要损伤别人的正当的自私。此说之“人”，既是单数，也是复数，涵盖所有的个人与团体。

这便是我理解的文化人。人人如此，或许是说童话。不过旗帜虽远，有个人人向往的目标，总归没错。我也要求自己的一言一行，尽量接近文化人的样子，而不仅仅因为自己能用毛笔写成这篇小文章，就标榜自己真是个文化人了！

节日澡雪

春秋时代的大政治家管仲，说过一句名言：“仓廪实而知礼仪。”另有版本说“知礼节”。礼仪也好礼节也罢，都是指人的美好谦和的风范。但需要一个前提：物质充裕衣食无忧。如今躬逢史上少有之仓廪实，礼仪如何？人皆感知。“知礼节”倒是空前热闹的。

现在只要是个节日，无论古节洋节，目之所见一概起而哄之。商家为了营销，竟杜撰一些稀奇古怪的这节那节的。什么大大节姨妈节、女婿节儿子节孙子节，居然还有基友节小姐节小三节！正所谓时尚娱乐死，搞笑大师弥漫网上，娱乐天才遍布民间。从正面理解，说明小康面积日渐扩大，大家有条件顽皮了。负面来看，物质丰富之后，却只会胡跑乱窜加俗闹，生吃猛喝赌牌局，没有丝毫的古风与雅致了。

此处只谈传统节日。比如端午节中秋节，那真是雅致已极。端午节的核心词是屈原。屈原是中国古代最伟大的诗人政治家，是高洁人格的代名词。大厦将倾时，屈原愁怀日。他宁愿自沉江底，也不离开祖国半步。而如今的许多“裸官”，竟秘藏外国护照，把祖国当作唐僧肉。但闻风声紧，卷钞而逃之。“裸官”如此，何以有脸面教导百姓忠国爱乡！

再说中秋节，起始于唐代，兴盛于宋朝。因了苏东坡的“明月几时有”，中秋节也可别称“东坡节”。苏轼的才华，那是古今一人无可置喙的。但他的最迷人处，却是他那博雅通脱、化悲为喜的神仙风度。假如你把他打成右派——可能性极大——他绝不会自杀的。他会在农场里倾听庄稼拔节分蘖的微妙音响，并以此唾珠成诗。发明一种比牛犁更省力的农具吗？这对苏轼而言，是完全可能的，因为他的慧心与情趣，堪比宇宙，断不会因一顶破乌纱而寻死觅活。饥饿难熬之夜，他就起来找朋友说笑话。他说有俩饿汉子对话，一个说一旦发迹了，就吃了睡、睡了吃；另一个说要发迹了肯定是吃吃吃，一直吃，因为没有时间睡哦！

所以过中秋节时，最要紧的不是吃月饼，而是缅怀与效法苏轼——庙堂高官时，能给皇帝一套又一套的治国方略；朝廷不跟他玩了，他立即与僧人隐士，甚至与乞丐屠夫打得火热。他活着，所见之万物皆有趣，所遇之无人不可爱。想想看，古国若无苏东坡，史上之天空，固然依旧星汉明灭，但是缺少一枚月亮啊。

每一个传统节日，都来源于并承载着或动人的神话，或美好的故事。如果节日里，不能澡雪品格、提升灵魂，那就辜负了节日，白过了节日。

爬桌子

在一个大家庭里，八岁前的我备受宠爱。贫困年代，受宠并不表现于物质，而是大人们都喜欢我。除了母亲，自小到大，没有任何人打过我。如此安静自在的幼年，根本原因是祖父祖母营造的。祖父是位远近闻名的中医，祖母是个虔诚的佛徒。我这厢呢，也是物以稀为贵，平常的家里，房前屋后晃来荡去的，就我一个小孩。我长大后，每次与父辈们相聚，他们总要提起我的儿时，三个字评价：话少，乖。同时必定提起一个我经常表现的，我事后努力回想依然模糊的经典动作：我总是双手拽着祖母的后襟，她走哪我拽哪，不厌其烦地追问：奶啊奶啊，啥时爬桌子？

为何盼望爬桌子呢？因为爬桌子意味着吃好的，而只有到了过年才会爬桌子，才会吃好的。大方桌安静地摆放在堂屋正墙的毛主席像下，桌面堆满了杂物。一年四季的饭食，几乎永远是苞谷糁糊汤。很少吃一顿稠稠的糊汤，里面总是搭配着洋芋红薯南瓜野菜。吃饭也就一样菜，一碗酸菜或是腌菜，永远卧在灶台上。吃饭没菜，何须用大方桌！

祖父平时在镇上的卫生院上班，周末回来住一晚。只要祖父在家，必定有人来请看病。来者大体不空手，两封挂面一包点心啥的。祖父把其脉问其诊，开处方的时候，祖母就给生火做饭。如果来者空手，又不在吃饭的点儿上，那人走时，祖母会说：吃了饭再走啊。声音和语气，不过是一个礼节。那人当然也客气一声，识趣告别了。有时来者虽然带了礼物，又恰在吃饭点上，那人还是不吃饭，要急着去抓药，回家治病人。祖母过意不去，一定不让人家空手离去。你来时若带的点心，走时就让你带把挂面。可见收礼之多数，结局照样是得之于求医，用之于患者。留给我们舒服一下肠胃的东西，实在少得可怜。

留客人吃的饭，自然一概是细粮——面条而已。全家人喉咙里的爪子虽然拼命往外伸，但是脸上的表情却也能够镇定自若。充其量背过身去，张张嘴巴皱皱鼻，贪婪几口从厨房里氤氲出来的细粮的香气罢了。招待客人的饭，通常只够舀三碗，只供祖父陪客人吃。吃的地方，在祖父祖母的卧室里，与床头咫尺之隔，一张条桌贴墙而放。桌上一碟辣子，祖父与客人各坐一头，吃面。刚吃几口，祖母就将第三碗面条端上桌子，对客人说："吃了自己倒啊，千万不要作礼！"作礼，就是客气、谦让的意思。祖母刚转身，祖父就吃完了——我吃饭向来风卷残云，祖传也——筷子一放，对客人说："你消停吃饱啊！"说罢，起身离去，找出钉子锤子，在堂屋里叮叮哪哪的，修理脱铆断榫的椅凳。那客人，面对着桌上的那碗热腾腾香喷喷的面条，很是为难。不吃吧，肚里的地方还很宽展；吃呢，人家主人都"吃饱了"、离开了，你咋好意思继续赖着吃呢！于是嘴一抹，深情一瞥那碗面条，起身离开了。祖母看见，必定要“抱怨”客人不直爽，实在太客气。

若那客人生性率真，或者感觉粗糙，硬是在主人离席无人陪吃的情况下，孤胆英雄当机立断，端起面条扣进自家碗里，土匪般吸溜大嚼起来，那么祖母准会及时出现在他面前，大加“夸赞”道：“好啊好啊，这才像自家人哦！一定要吃饱哦！”说罢，小脚如鼓点般进了厨房，声音很大地往锅里倒水，以锅铲击之撩之涮之，目的是通过声音传告客人：锅里干干净净没饭喽！

只有过年的时候，大年三十早起，此时才把大方桌挪出来，收拾桌面清洗揩拭。桌面下的雕花格，要一遍又一遍地浸润揩拭，因为一整年不曾用过它，那里面的尘垢厚且牢矣。大方桌置于堂屋中间，两张条桌拼接两头，如此才够围坐年夜饭。祖父老弟兄四个，分住于几十里外，所以三十晚上，他们各家都要派人来陪祖父团年的。

正是这个时候，我才懂得一点儿长幼尊卑、“礼仪之邦”。我的年龄最小，自然坐在下席的最边角。几十年后，我才明白自己当时的座位，成语叫作“叨陪末座”。虽然没有地位，胳膊又短，但是不失权威啊——想吃啥，一指那盘子，立马有人给我夹来。

那年头，“旧的礼教”惨遭批判与诋毁。而在吃年夜饭时，却又一概复辟了。安排各人的座位，是严格按照等级（辈分）长幼的。上席不用说，祖父祖母坐。不过祖母因为是主厨，所以大家都围坐好了，只待她端出最后一道喝酒的凉菜，她也入席就座了，这才听祖父简单致辞几句，于是举杯。祖母呢，端起酒盅挨挨嘴唇便放下，立即去了厨房，准备热菜。

如果人多拥挤，孙子辈中最小的一位，原本最没地位的那个小不点儿，此时忽然被提拔，可以荣幸地夹坐于上席祖父祖母之间。但这小不点儿不能坐椅子，而是只配坐在一个独木凳子上。

同样坐上席，却有大边小边之分。那么哪边为大哪边为小呢？简言之，左为大右为小。那么哪边是左哪边是右呢？我一直搞不清，因为在你面对上席时，和你在上席位置总览全席时，左与右刚好相反。直到十多岁的某一天，才弄清这个学问。那天我去镇上，祖父正在看报纸。那张报纸登着天安门城楼上，毛主席检阅游行队伍的照片。毛主席一边站着周恩来，一边站着林彪，两人手中都拿着《毛主席语录》。祖父说你仔细看吧，什么叫左大右小？因为林彪是副统帅，位置高于周恩来，所以林彪就站在毛主席的左膀边；周恩来虽然曾经是林彪的老师，过去也一直领导着林彪，但是现在变化了，只能站在毛主席的右胳膊边了。

哦，原来左大右小是这么回事！以此类推，年夜饭的上席坐者，第二号人物必须挨着一号人物的左胳膊就座。所以祖母总是坐在祖父左侧。如果年夜饭上席就座三个同辈人，不用说，最年长者坐中间，他的左边是次年长者，右边是又次年长者。报纸上经常刊登的领导开会的主席台照片，也与年夜饭一样的坐法。区别只在领导开会不是按年龄或者辈分，而是按照官阶大小。所以负责摆放会议桌牌的人，政治上历来成熟与细心。稍不留神摆乱了桌牌，其前途或可就此断送。

随着年岁与物质的同步增长，也就经常地，用不着等到过年就可以随时“爬桌子”、吃酒席了。只是不能确切回想起，具体从哪天开始结束了“叨陪末座”的历史。 每次坐席，我的后面总有一个两个“末座”。 时光流逝，“末座”越来越多，发觉自己鬼子进村般，日渐接近“权力顶峰”了。 这时候的想法反倒与儿时背道而驰，实在不想坐上席！ 自然地，也就经常推辞饭局了。

上周末，几个朋友约饭局，杜撰托词不想去。 可能因为托词艺术性不够吧，友们不信，轮番来电话。 问有什么要事吗？如果那酒席上，一只虾刚咬进嘴里，那人说出请我办个事，无权无势的我，岂不是虾卡喉咙不能上下，要出命案哩！ 朋友电话里笑道：“此事确实很大，但是非你莫属！ 对你而言，不须费半点脑子，现场就 OK 了！”

朋友来车，拉我直达饭店包间。 一瞧，气派，奢华，大圆桌围坐了二十来个食客。 男女混搭，只有三五个面孔陌生，唯独上座闲置恭候。 全体起立，鼓掌：“欢迎方老上座，给大家搞笑！”我有点哭笑不得，把我老汉当成弄臣优伶了不是！ 所以怎么谦让也不就范。 可是大家都站着，赞美加调侃，什么你德高望重啦谦和风趣啦深受爱戴啦为中国文化贡献卓越啦……无论他们怎么吹捧，我坚决不坐上席。 实在没有办法，我就说出不坐上席的理由：

“坐上席最先奔赴火葬场。”

此言一出，惊哑全体，场面顿时凝固了，饭局没法揭幕了。瞬间一思量：大家好心好意请你来吃酒席，你却如此丧门星！所以我当即挽狂澜于既倒：

“哈哈，玩笑开过喽！ 今天就我最年长，除了我，谁有资格坐上席呀！”

我一脱外衣，座山雕般昂坐主席了。

夜晚被送回家里，半句话都懒得讲了。坐上席太累啊。你坐上席，你就是本次饭局的最高首长，意义等同临时皇帝或者看守内阁总理，你必须谦和亲民，一视同仁所有的在席者。对于陌生的面孔，他或她递上名片自报家门时，你要及时起身、双手接过，并在瞬间里记牢对方的名字，随后碰杯时保证准确叫出。大家都在热烈地纵论腐败、畅谈时局、辨析谣言，却总有一个两个爷们姐们一声不吭，分明形成一片化外之地、弱势群体、被遗忘角落，那么你有着不可推卸的责任，你必须迅速巧妙地将话题引到不吱声者身上，从而使在场者人人均享说话的快意，以使每一个食客都有机会秀出自家的思想与才艺。因为你被坐于上席主席，那么每上一道菜都是你先下箸品尝，新瓶初开的前三杯酒都由你来提议开饮，所有的夸奖一向首先奉献给你……而你，其实是个大草包，无非因为脸厚、能活、齿长而坐了上席，而大肆受敬享颂，所以你要务必满怀歉疚、心生罪感啊。一点儿代价都不愿付出与回报的被尊重，自私自利不说，实为寡廉鲜耻也！

还是爬桌子，叨陪末座的好。

永　远

近年来，中国的大部分地区，经常是雾霾天气。冬天也不怎么下雪。或少数地方偶尔下点雪。一开始很不习惯，后来也就麻木了，你爱下不下。老天爷的事，人有什么办法呢。

冬天的多半时间雾霾着，所以只想着天能晴朗就好。至于下不下雪，已近于奢望了。若是某天早起一开窗户，天无纤云、气色悦目，过不了一个时辰，你一刷微信，尽是光明温暖的图片。散步环城公园，见一对小夫妻，丈夫箕着妻子的胳膊，妻子挺着自豪的肚子，边走边用手在肚子上画着太极圆圈。看样子孕儿至少七个月了吧。遥想当年，自个儿妻子怀孕时的情景，感慨流光实在太快！

我放慢脚步，让那小夫妻走前面。尾随偷听，不失一乐。

小两口商量着，先由哪方母亲担当保姆的事。接着说当务之急是胎教。“不能让孩子输在起跑线上啊！”——我真想上前告诉他们，这是目下的中国，我最讨厌的一句话。好在他们的话题，迅速转换到胎教的具体内容上。选择胎教第一课，两人各持己见。一说大江东去？一说太壮阔了，不宜胎儿；一说窗含西岭千秋雪？一说句子太长，娃娃难记；一说先天下之忧而忧，一说干吗呀，不要搞政治啦！最后妻子说：床前明月光？丈夫马上赞同：就这个，好！

李白的《静夜思》，可谓妇孺皆知：

床前明月光，
疑是地上霜。
举头望明月，
低头思故乡。

于是我瞎想了，一直瞎想到深夜。如果全民公投“中华第一诗”，结果没法预料。但我估计这首《静夜思》，一定位居前茅。很可能前三名。没准第一名！如此推断的理由是，中国哲学无论内质还是形式，都很阴柔。而月亮月色，正是阴柔的最经典的意象符号。与太阳一词对称，月亮便叫太阴。

李白的四句诗简朴如画，意思一目了然：月色是最美的，乡愁是永远的。人一脱离子宫，就开始漂泊。为了生活，必须四处奔波。怀念童年、思念故乡成为一条暗河，日夜流淌在血液里梦境里。偶尔回归，即便回归时香车美人光宗耀祖，但是展现在眼前的故乡故园，却一概物是人非了，你怎不怅然而愁怀！

一个人，就算你从幼年到老年，未曾离开故乡半步，那你依然难脱乡愁：父母不在了，儿时的玩伴远走高飞了，透明的空气没有了，清澈的溪流干涸了，你能不眷恋往昔吗！就是说你固然没有远走，那也不过是犹如废弃的车站，车站没有挪动，但是列车远去了，一去不复返了，留给车站的只有冷清与寂寥。

月光是最美的，乡愁是永远的。所以李白，才是全人类的。

黄跑邮

四五十年前的中国山乡，并不闭塞。虽然不通公路，但是伟大领袖在北京说句话，一袋烟的工夫，我们也都晓得了，欢呼雀跃了。凭什么呢？凭的是家家户户的，挂在中堂领袖像旁的那个碟子大的有线喇叭。喇叭里出来的声音，那才叫主流！因为喇叭是唯一的。现在呢，电视啊网络啊，短信啊微信啊，众声喧哗此起彼伏。“主流声音”一说，随之入库封存了。虽也经常被张三李四“主流声音”长“主流声音”短，但是言者显然底气不足，闻者分明遍予质疑。

其实所谓的主流，原本就无权，也就索性懒得发声的。你站在长江主流岸边，分明觉出一种浩然气势。但你听不见声音。你只有闭上眼睛，屏息敛气几分钟，你的心脏与血脉，才能领略到那种再造山河般的，此处无雷胜有雷的声音。只有极其清醒敏感的人，才能感觉这种声音的含义，并能判断这种声音将会是什么事情的前兆。你能听见的声音，只能是山间支流的声音，局部片面的声音，人为包装的声音（堤坝泄洪、落差发电等）。总之，主流无声。

主流声音年代，喇叭指引着民众的生活，娱乐着单调的童年。整个公社，只有一部电话。看公社干部手摇电话往外打，心中十分敬畏与羡慕。我们抓起一块石头，一人站一根电线杆下，以石击杆，也来个互打电话。木头电线杆，树皮犹在——与我们高矮差不多的地方，树皮全被我们击烂了。看见那边击一下，这厢立即耳贴电线杆，一种锵锵的声音，麻了耳朵的同时，如一根银针般钻进耳孔，迅速扩展到全身。有时击杆的声音你听不明显，打手势让对方再使劲击。这时你才听见，原来是刮风导致的电线振摆声，“嗡——嗡——嗡——”裹挟了人为的敲击声。

为了让所有的人家都能及时听见党中央毛主席的声音，再偏僻的深沟高坳，只要有人家居住，也都要接通电线，装上喇叭。一旦发现倒杆断线事故，定会及时抢修。有一个木匠，住在阴坡山垭上。为给他家通喇叭，三个民兵配合一个邮电工，忙活了整整四天。可是，因为距离高远，能量耗散过大，喇叭声就小如蚊蝇恋爱或者打架了。给地线浇水再浇水，声音依旧蚊蝇。没法子，反正政府尽力了。

后来发现，杆子被风吹倒了几根，也没人张罗收拾。反正就算收拾好了，喇叭的蚊蝇声也无法解决。但是忽然一天，有人发现那铁丝电线全不见了。一追查，是那木匠用作了箍盆箍桶箍缸，木盆尿盆、水桶粪桶，多半拿到集镇上卖了。这还了得！被以破坏公共财物罪抓进局子里，关了大半年。人出来时，白了，胖了。众人惊问其故，回答说，局子里能吃饱。

广播与邮政，全归镇上的邮电所管。邮电工邮递员很受人们眼红，他们虽然风里来雨里去，却是吃商品粮的。春秋季节，他们与其说工作，不如说游山玩水。邮电工给谁家接补电线、维修喇叭，谁家就招待他好吃好喝一顿。邮递员却奇怪，从不在非亲非故的人家吃喝。后来我才知道，“信使”一词，是人类极为美好的词语之一。我们那地方那时候，压根不晓得“信使”一说。也不叫邮递员、投递员。我们叫他“跑邮的”。

我已经忘了那个跑邮的名字，只记得好像姓黄。黄跑邮细高个子，脸上有块疤。那是他在祁连山当兵时受的伤，应该立了几等功吧。如果不当兵不立功，农民出身的他就不可能有工作、有商品粮吃。回望历史，在“阶级斗争为纲”的年代，彼时所划分的阶级成分其实全然不对。客观公正地讲，那时只有两个阶级：吃商品粮的阶级，吃农业粮的阶级。吃商品粮的到了年龄就安排工作，所以才很自豪地向全世界宣布：中国没有失业。有工作的吃商品粮的，工资平均起来，也就三十块上下吧。可是农民呢，黑水汗流干一天活儿，记账十分工，值多钱？年终决算出来了：十分工值六七分钱。如果十分工上了一毛钱，当即会有人高兴得猴子翻跟头。总归一句话，商品粮一天的收入，十倍于农民一天的苦力。

所以黄跑邮十分心疼自己的饭碗。他风雨无阻，每天准时经过我家门前的大路。他斜背着绿色邮包，总是走一阵便要勾手摸摸邮包，试试邮包里的东西还在不在。与人相逢让路时，不管对方空手还是身负行李，他都是事先主动闪开。你可以理解成这是他的谦让礼貌，但更主要的原因，我推想他是不愿意别人触碰了他的邮包。在过河时，他将邮包转到胸前，悉心地搂抱住，眼睛死死地盯着河床，生怕被石块或凹坑绊倒。湿了他事小，湿了邮包万万不可啊。

其实那邮包，从未超过五十斤。他要跑两个公社，上万人口哩。 问题是，农民们除了有女嫁到山外的，家有远方当兵的，男在外地工作女在家里带孩子种地——所谓“一头沉”的，谁还需要写信呢！ 更不要说何年何月有个包裹了。 所以黄跑邮的邮包里，主要装的是送给公社的文件与报纸。 当然各生产大队，也都要必须按照上级指示订阅一份省报。

有一天下午，我正在山坡上刮草皮。 草皮装进背篓里，背回去好垫猪圈。 此时有人喊我，一抬头，只见黄跑邮在大路上冲我招手，说有我的信件。 我当即背起背篓下坡，到了猪圈沿口，屁股一撅双手一缩，草皮连同背篓同步脱离身体，直扣入猪圈里。 这时黄跑邮已经走在门前的田埂上了。 过去有信来，他总是站在路边，等我去拿。 只有年龄大的人，他才送到人家门口。 所以我喊他别动，别过来了，等我上前取。

“你今儿别动，”黄跑邮大声喊道，“我要送！”

他的声音让我紧张，不由自主地联想了：在外地工作的父亲有什么事吗？

“你转身，”黄跑邮说，“走回你家门口，等着！”

我莫名其妙。 刚要转身，就见黄跑邮一个趔趄，一只脚就插进秧田了。 在那一瞬间，他将邮包高高地举过头顶。 他带着一脚泥浆到了门口，母亲赶紧拿出木盆，又拿出电壶往木盆里倒水，又舀半瓢凉水兑成温水。 我取出小凳子，要黄跑邮坐下来烫脚，以免引出病来。 但他一直站着，连连说，没事没事不用不用，说跑上几里路鞋袜就跑干了。

他解开邮包，抽出一个大信封，我立刻明白了。 可是黄跑邮递我的半途，又缩回双手，庄重地将大信封递到我母亲手里，说：“婶子，你儿子考上名牌大学啦，你们公社从未出过大学生啊！”

文学长子

方英文作家：

您好！我叫 Mai Ashour，我是来自埃及的翻译，其实我很喜欢您写的《太阳语》。

我希望您允许我翻译成阿拉伯语，给阿拉伯读者介绍一个来自中国的伟大作家与作品。

祝好！

Mai Ashour

健在时被称为“伟大作家”，幽默多于激动。一看时间：2014 年 7 月 11 日，好几天前了。自从有了微信，开电脑的次数大为减少。赶紧回复：

尊敬的 Mai Ashour 先生（女士）：

您喜欢我的《太阳语》是我的荣耀，我当然同意您翻译成阿拉伯语，向您致以衷心感谢！

阿拉伯语是人类伟大的语种之一，《天方夜谭》（《一千零一夜》）曾伴我度过艰难困厄的时光——我的某些所谓“幽默”，与此杰作之滋养不无关联。

祝吉祥如意，阿门。

方英文

当天下晚班时，就又收到对方回信：

方英文作家：

您好！请您不要感谢我，能够翻译您写的作品是我的荣幸，翻译《太阳语》的过程我很享受。我来过中国三次了，我也去过西安，是很有风格的城市。如果我有机会去中国我一定联系您，我好盼望有机会能与您见面，获得您的签字。

祝好！

梅

梅？中文名字？女的？好奇心驱使我发信探问。果然是女翻译，开罗大学的。而且最让我感动的是，她读过我的长篇小说《落红》，非常喜欢。《落红》里的女主人公名叫梅雨妃，所以她以“梅”为中文名字。据此推测，她可能在中国留过学。留学城市多半北京或是上海，也可能是西安——熟悉我的作品啊！但这些，电子信件里并没有涉及。只是心里瞎猜，想当然。

《太阳语》是篇微型小说，写于 1991 年。当时我在秦岭山里的商洛（今商洛市）工作，身份是群众艺术馆文学干部。“文革”前这里有份《商洛报》（今《商洛日报》），停刊多年后刚刚复刊。他们向我约稿，我就写了《太阳语》。他们为了告白天下自身复活了，所以每每出版副刊时，就寄给全国各地的文学选刊。于是《太阳语》“走向全国”了，不断被收入各种选本。二十多年后，《太阳语》再次被激活——选入 2012 年陕西省中考试卷，遂有六十万考生在同一时间琢磨同一篇文章的景观。嗣后上网一看，没考好的少男少女们，把作者大骂一通。三年后我的散文《紫阳腰》又被选入试卷，我照旧又被骂得狗血喷头。文学本来是消闲怡情的，而考试则是世间最大的功利行为。考试让作家顷刻变成“学子公敌”了！

日前饭局上，遇见陕西省翻译家协会主席胡宗锋教授。他带着刚出版的两本译作，分赠朋友。喝酒时自然扯到《太阳语》。胡教授问我最近联系埃及翻译家没？给人家寄过什么东西，比如书籍书法、资料礼物没？我说没有啊。“你太不尊重我们翻译家了！”胡教授当即批评我，说他翻译美国学者的著作、圭亚那作家的小说，人家经常给他寄这寄那的，他马上升腾一股成就感：“拿着资料啊礼物啊四处炫耀，让同事们领导们欣赏欣赏——咱可不是白吃干饭的！”

胡教授嗜酒率性孩童气，但其所言很是在理。回来立马开电脑发邮件，问清梅翻译的详细地址，考虑寄什么东西。巧的是，一登录邮箱，梅翻译的邮件就跳了出来——

方英文作家：

您好吗？我下个星期将来中国出差，我也可能有机会去西安，可不可给我您的联系方式，我希望有时间能见到您。我觉得机会难得，我真的盼望见到您。

万福！

梅

我立即回信——

梅：

你好！唐代诗人李商隐有句诗说，心有灵犀一点通。意思是两个人并未沟通，却忽然同时想起对方——我也正要给你去信呢！是想询问你在埃及的住址，如何才能给你寄书与字呢。现在好了，你要来西安了！我的手机号1357□□□□□60。为了避开杂事，我的手机一直静音设置，所以请你发我短信吧，以免误事。提前发，我应该提供怎样的接待，住与行如何服务。

热烈地期待你！

方英文

第二天手机里，就闪出一个名字Mai Ashour申请添加。一看头像便是梅，因为此前她发过照片来。当即添加，感慨微信真神奇，地球小如篮球了。她发来语音，普通话很标准，且温婉，像是江浙女子说普通话。语音结束，我便翻看她的旧微信。发现一位戴眼镜的老太太，风度极佳，视觉上超过前年获诺奖的加拿大女作家爱丽丝·门罗。她是梅的姑姑，名叫Padwa Ashour。是埃及著名作家，代表作《塔恩士利亚》《色格拉》《温暖石头》（即“格拉纳达三部曲”）。可惜刚刚去世了。“埃及告别你，”梅悲伤配文，中文，“我一辈子不告别，因为你刻在我心里。姑姑我想念你。”紧贴两颗心符与流泪图符。

有点疑惑。Padwa Ashour 一看是标准的欧洲人么；而梅呢，则是阿拉伯人啊。这其间的血缘故事，一定有趣。但是，不该问的最好别问。

2015 年 1 月 27 日上午，她发来语音，说她人到西安了！我以为她还在埃及呢；其实她第一次来语音，人就在北京了。“住哪？我现在来看你！”“不，不！我要开会！”她改发文字了。“我溜出来在卫生间。”“老板这阵忙别的。”……神秘啊，阿里巴巴四十大盗哈。“什么会？学术？商务？”“商务。”我说那好，我推掉一切应酬，全天等候你空闲时来信，会面。

可是直到晚上过了十点，她才来信。短句式，一条一条连着发来：“真的，很抱歉。”“晚上还要上班。”“不好意思，刚看见信。”“我一直在开会。”“现在想休息。”……我家距酒店不远，夜里打车也方便，马上去见面也似无不可。但我没有如此发她信。毕竟快深夜了，去酒店探望一个来自遥远国度的异性，不大合适。

最后约定，明天上午，我去香格里拉酒店，大堂里与她会面。她提醒我她九点半就要“上班”，外出。次日起床，推窗一看，满目的白银世界。多年来养成习惯，天天早起，喝茶临帖。就想着给她写幅什么字好。书是要送的，但不宜送多。一本就够，不能加重人家的行囊。她若需要我什么书，随后寄她便是。那些给人送砖头书画册的人，授人以累赘，实该罚其失眠，反思！就送她一本《梅唐》吧，里面正好收有《太阳语》。扉页上签名时，没控制住，成了一篇小品文。

临到出门前又犯愁了。人家是女的，总得带个别样礼物吧。可是五个房间里转来找去，皆没发现合适的。也怕翻箱倒柜，残局不好收拾。只怪妻子不在身边。女人放的东西如同耗子藏食物，只有女人自己能找出。忽然眼前一亮：立式空调上佩着一条黄绸带么，就它了！

到达酒店门前，隔着旋转玻璃，就与梅翻译对视上了。她立马起身走来，玻璃门将我旋转进去，正好握住她伸过来的手。瞬间一眼，脑海里已把她描写了：中等个儿，胖瘦适宜；阿拉伯人肤色，宝莱坞女演员鼻子；大眼睛，清亮幽蓝，如两潭微型地中海。

我们坐在大堂的沙发上聊天，不时望一眼玻璃窗外的散漫飘扬的雪花。

Mai Ashour 女士——梅翻译从包里取出一个类似中国书画拓片的东西，似乎树皮，抑或特种草制品。她说上面这六只鹅，是她亲手刺绣上去的。一见如此礼物，我心想自己也多亏没有空手呵，否则太失礼。

我取出绶带，坦白告诉她说，这是 2011 年春节之夜，受邀小雁塔撞击新年钟声的纪念品。随手拿上，聊作礼物。“《红楼梦》里贾宝玉给林黛玉送的……送的手帕也是旧的！”老天，人家精通红楼人物啊。但我必须补充：“此绶带我从没用过。”

梅翻译二十八岁，未婚。我立即自我定位以长者，以免胡说八道乱了章法。她十年前学习中文，就在开罗大学中文系，不曾来过中国专门留学。除我之外，她还翻译过周国平、毕淑敏、史铁生。目下打算翻译木心。

“可是木心怎么没什么名气？”

“主要是他‘弟子’陈丹青竭力推介。我没读过木心，无法评价。”

“莫言我看了一些，不打算翻译。反正有人翻译他。”

“文学如菜肴，各有口味。人生很短暂，翻译家应该只翻译自己喜欢的作家——愉快劳动嘛。”

“那是，那是！”

“你翻译我的作品，我内心深处感动感激，因为你是喜欢我的作品。我是边缘作家。由国家拨专款，组织翻译家往外推销文学作品，那是体制内有权作家的福利，轮不上我的。不过，他们花钱组织的翻译家，真喜欢他们的作品么？翻译起来愉快么？能翻译好么？天晓得。”

梅翻译听得两眼茫然。或许不了解“国情”吧。

“我是从《百年百篇经典微型小说》里看见《太阳语》的，就您这篇深深地打动了我，这才决定翻译。从网上看见《梅唐》出版了，可是在北京逛了两家书店都没找见。可能书店太小。”

我拿出《梅唐》，打开，给她念扉页上的“签字”——

梅女史：

接到你来西安的信息，我非常高兴！正在写字，顺手给你写了“雨雪梅妃”四字。前二字，记录今年入冬以来长安的第一场雨雪；“梅”是你的中文名字；“妃”有几个意思，在中国古代，“妃”指女神，如天妃、宓妃。你也说过，很喜欢我小说《落红》里的女主人公梅雨妃哈。这本小书名，也正好有个“梅”字。

2015，元月廿八于西安，方英文

她很开心，与我同牵“雨雪梅妃”四尺横披字，请前台服务员来为我俩合影留念。

我说阿拉伯文字很神秘，好看，像看两个闲散的妇女拆解旧毛衣，一个拽一个缠，同时叽咕交流些琐屑而不乏诗意的话儿。梅当即掏出一个小本子，用阿拉伯文写出“方英文”三个字。

“阿拉伯文必须用左手写吗？”

“不，不，就我用左手写，”她显得不好意思，“小时候养成的习惯。”

“吃饭也用左手？”

“是啊。”

“你有当总统的可能——美国两任总统全用左手。”

她嘴唇动了动，就一个浅笑，终究没说出啥。她似乎拿捏不准当还是不当总统。

我不便，也似无必要打问她因什么“商务”而来西安。能肯定的是，她被雇请当翻译。也没来得及问她与她姑姑的“血缘故事”，时间就快到九点半了。我起身告辞，请她一空闲就通知我。“西安的穆斯林很多，他们的美食驰名四海。”我已安排车辆听候，随时出动陪逛。她说好，神情期待。

整整两天，没有等到她的信息。此时明白，什么叫受雇于人，不由自主。

1 月 31 日正午，她先是语音，我还没来得及摁听，紧接着便是短句式文字信息：

“方英文作家，我非常感谢您。”

“非常感谢您给我翻译您作品的机会。”

“很感谢您。”

“刚到埃及了。”

“等着行李。”

我回了四个字：

“平安，祝福！”

三小时后，她将《太阳语》的阿拉伯文版本链接过来，发表于《新阿拉伯》2015 年 1 月 27 日。她文字信息说：“不只是埃及读者，全世界阿拉伯语读者都能看到。”

说实在话，与那些被多种文字不断翻译的作家相比，我这点事儿着实不值一提。但我依然深受感动。我感动于，在全人类的世俗化名利化的生态里，却仍有人因文学而痴迷，而牵挂万里之外。语言多样，互难理解；但是文学精神，那种破解与沟通，从而使得人类尽可能相知与相亲相爱的精神，如太阳般永不熄灭。

《太阳语》是我早期的一个小作品，不足一千三百字。但他已经扮演了俨然我的长子的角色。父亲出门前，长子总要先行一步，为父亲探路巡视。

父亲方周琰

父亲方周琰，1932 年生人。私塾读后即教书，新中国成立后，进修新学继续教书。教师一生，婚姻三次，活了不到六十岁。想起父亲，不胜沉哀。

父亲十八岁时，被包办了第一次婚姻。家庭世代持斋，礼教森严，父亲没有办法。可是他读了巴金的《家》后，开始革起命来。家里当然不允许，父亲就跑到寺庙里。削发一半时，被祖父亲自带着的两个汉子揪回来。祖父是个有名的中医，性情温和，一向慈悲，眼下深感长子如此胡闹，实在有辱门风。祖父将父亲捆绑起来，吊在楼梯档上，暴打得皮开肉绽。可是伤养好后，父亲再次逃往寺庙，彻底剃光了头发。祖父去叫他时，他开出了条件：离婚不出家，出家不离婚。祖父想要儿子，不想要和尚，于是同意父亲离了婚。

我二姑夫被国民党抓去当兵，一仗打下来成了解放军俘虏。随王震部队解放新疆，就地成为军垦战士。可是我二姑极不习惯新疆生活，硬是逼迫二姑夫复员，回到陕南老家。他那地方是旬阳大山区，从此煎熬着食不果腹的日子，后悔不迭。父亲去看他们时，认识了二姑夫的妹妹，也就是后来的我的母亲。母亲出嫁时，二姑夫将他从新疆带回来的手提皮箱——老电影里的经典道具——送给母亲，聊作陪嫁。我会说话时，从没有叫过二姑夫，而是叫大舅。这是一门事实上的“换亲”，尽管毫无换亲之动机。两个高大的男人，互为对方的大舅子，索性互称哥。

我未满周岁时，父亲被调到距家二百里外的一个学校教书。那个学校建在一个两县交界的高山垭上。那时没有公路，只能寒暑假回来。识文断字的母亲却是个农民，整日被捆绑在生产队里，无法去探望她的丈夫。父亲学校的附近，有个长辫子大眼睛的女子，性格温暾，一家人看上了父亲，有事没事就请父亲去吃饭。于是父亲回来，再闹离婚。祖父祖母对于父亲彻底失望，只能痛骂一顿，任他去吧。母亲自尊心极强，谁离了谁不能活啊！

离婚时父亲二十九岁，母亲二十六岁。“权当他死了！”祖父祖母对母亲说，“你永远是方家的媳妇，是英文的亲娘！”那是一个大家庭，父辈们或工作或上学，只有母亲一人地里劳动。祖母特别心疼母亲，给母亲的饭总是单另，稠点，好点。吃素之家也好不到哪去。慈祥的祖母一去世，大家庭就破裂了，我母子就单独生活了。

父亲究竟是个什么人呢？从祖父母的嘴里，总说父亲“不是个东西”。简言之，记忆里的父亲是个坏人。祖父母如此评价他们的儿子，大概是替我母亲出气吧。祖母生病时，父亲回来过。我那时可能四岁，也许五岁。总之是我第一次看见父亲。他高个头，面庞白皙，只顾与别人说话，既没有抱我，也没有摸我的脑袋。也许在我更小的时候，他抱过我摸过我，但我不能记得。我每每看见周围的孩子，在其父背上，将其父脑袋当作西瓜拍打着玩儿，或是两脚踢碰着其父屁股，撒娇要疯要去商店买水果糖，而那父亲竟然毫不生气——这对我而言，真叫锥心刺目，因为我不能如此啊。到我十三岁上初中的时候，母亲找出她和父亲的离婚判决书，上面规定父亲每月给我三元五角抚养费。“他一分钱都没给过，”母亲说，“你现在长大了，该去见见你亲老子了！”于是我给父亲写了一封信，他很快回信要我去。

我的家乡镇安县，有个叫云镇的地方，因有唐代云盖寺遗迹而驰名。父亲被调到云镇筹建新校，家属还在乡下。第三任妻子给他生了三女一儿。父亲住在云镇公社的院子里，一间木板楼上的房子。我原以为一见面，肯定是冲他质问与发火。事实不是。他早就站在云镇街道汽车要停的地方，我一下车他就急步近前，双手伸过来——可是中途又缩回去了。父子间可以握手吗？可能他也不知道。他缩回双手，摸着自己的脸颊，说：“英文来了，英文来了！”他笑的时候，居然露出一对隐隐的酒窝！

父亲机关灶给我上了一份伙食。我刻骨铭心地感觉，当干部吃商品粮真是吃得好啊，我的农民母亲真是苦日子啊。他给了我五块钱，要我到商店里看上什么了就买什么。又给我扯了一身卡其布，带我到缝纫铺里做了一套学生装。这是我第一次穿制服，过去全是母亲的针线缝就。穿着三个口袋的新衣裳，我被父亲带着转悠街道。不时有人问他：“方老师，好排场（帅）的小伙，谁的啊？”他说：“我，我的儿子，叫英文嘛！”

对方一脸吃惊。很显然，父亲没有传扬过他还有我这么个儿子。他得意地介绍完后，习惯性吭吭两声。他说话有点结巴，且有轻微鼻窦炎。

晚上父子同榻，说话到半夜。全说的时政大事。几次想问他何以离婚？终于难以启齿。为了让儿子睡得宽松，他几乎小半个身子悬在床外的空中。我要他往里睡，他说没事。他也许害怕，也许惭愧接触他儿子的身体。身边的父亲，与祖父母评价的父亲，与母亲描述的父亲，完全不一样！他是一个典型的身材高大却显柔弱的白面书生，双眼炯炯有神。母亲赏我以个头个性，父亲赐给我以面相。我感恩我的父母。

后来给父亲写信要钱，母亲阻拦了："他一大家子人，哪有钱给你！"我上高中时，父亲重病大出血了。母亲让我跟着叔父，连夜步行一百二十里山路赶到县医院，为父亲输血三百毫升。回来后以为母亲要抱怨，但是母亲夸我做得对，说老子得病了儿子不抽血谁抽血！

关于父亲，我在《出山》一文里有所记述，此文算是补充。母亲很少说父亲，偶尔提及，无非是嘲讽父亲臭讲究，假干净。父亲去世二十多年后，母亲在去世前夕，忽然一板一眼地评价父亲："你伯——我兄妹皆如此称父亲——是个优秀的人。"夕阳笑意里，含着一丝不易觉察的讥诮。

无母之乡

阴历六月初十，母亲三周年忌日。提前回家，守孝一周。带了干粮、烟茶、笔墨，打算自理。其实多此一举。堂弟英昆虽然远在兰州打工，却早给弟媳打电话叮嘱了；另一个经商的堂弟英松，索性关了店铺，提前买了各类食材，两口子一并拉回来，操厨且陪我。依照风俗，三周年祭奠仪式，只能提前不可延后，就选在初七。

流了不少眼泪。母亲只亲生了我这么一个，深感独生子女不好：悲伤无人分担啊。为了尽量分流思绪，线装本上随意记录些内容吧。

一

去年清明节时，生物学家苏小记亲自送来柏树和桂花树苗，现场指导植于我母亲墓地。苏老弟仰观俯察，环目一望，说："老兄这里，一平方公里内，应有生物四千余种。"想想，我能叫出几种呢？古人说要想长见识，须得远游而求学。实则家门口的学问，原本就大得没有边际。

坟前的两棵柏树未活，未活得有道理：一棵是回家后门的位置，一棵是去往大路方向的位置——不能长两棵树“挡路”啊。

苏小记是省植保站站长。我在汉阴挂职副县长的中途，他也来挂职副县长了。一交谈，他竟是我西北大学校友，生物系的，低我近十级。他的研究生学历，是从西北农大读来的。人长得阳光帅气。他要我谈文学，我则拽他去田野、去树林，请教他大自然的种种奥秘。闲暇时下棋。回到西安，我们偶尔碰面，也常短信交流。有次，我难得一回亲自炖萝卜，切完萝卜发信请教苏老弟：“萝卜是蔬菜呢，还是水果？”他回复道：“你当它蔬菜吃，它便是蔬菜；你当它水果吃，他便是水果。”

二

门口搭了一面很大的篷布，可以遮阴四张八仙桌。担纲主厨的英松弟，生得圆头圆脑，活像是范伟。人少时的饭菜，则由两个弟媳孙军凤、谢书霞操持。英主兄每天都来帮忙。他是退休校长，热心公益，快人快语，所以被推为镇安县西口镇的“方氏族长”，拾掇电器，处理纠纷，主持婚丧嫁娶，样样在行。

我们那个地方叫程家川，祖辈仅两户方家。一户是我们安岭子方家，一户是上川栗子沟方家。两户方家都是先后自湖北上来的，血脉据说不远。由于居住相距两里地，就一直互为至亲。栗子沟的方英主兄，对我的帮助极大。他年长我四岁，我小时候就跟着他的屁股玩耍。他一直在附近教书，我在外地工作。我家里只要有事，如母亲病了要买什么药啊，房屋漏了要翻新啊，电话电视坏了啊……母亲就给他捎话或者打电话，他总是立即赶到，迅速落实。他对他自己的亲生母亲，都没有如此孝敬过！

前来祭奠的方氏宗亲，主要是“英”字辈，英刚英峰英飞英虎、英武英成英俊英华、英萍英权等等。多半有工作，时间又不在周末，因此都请了假的。

二妹夫刘明德告状且诉苦，说英权妹在家里瞎闹，儿子高考被西安科技大学录取，她说是专业没前途，非要退档复读，明年重考，“闹得家里像是死了人似的！”大家齐声批评英权，方罢。高考好比乘车，谁敢保证复读后能乘上车、乘上更好的车！

三

我食母乳三年。祖父祖母，父辈们，以及附近的人都批评母亲：“看你把儿子娇惯成什么样子了！”母亲说：“又没奶水了，他想叼着玩儿就随他吧。”母亲辞世前半个月，在我的书房“采南台”里，她斜倚沙发，被我无意间抓拍下来，竟成了母亲最后的遗照。这张照片，她一头白发，慈祥柔和，呈现了母亲的真正品质！因为母亲是个女汉子，一生强硬，声音不高但是富于雄辩。当然句句在理，所以没有人能斗过她。

三周年了，光阴不仁，草木有泪。

四

母亲三周年祭奠仪式，全由至亲操办，小叔主持。自此，彻底阴阳两隔了。过去回来，总是睡懒觉，饭好了被母亲喊几次，才起床。现在，得生活自理了。起早，打扫庭院。垃圾是个问题，尤其塑料袋子。化学家固然贡献了人类，但他们造成的污染，可以说是功过相抵，不如没有了。

五

老家的月夜让人的五官如同婴孩般奇异地复活灵敏了。杜鹃的叫声是四个字的音节，“我儿过错”“我儿过错”，这源于一个继母误杀亲子的传说，忏悔而哀伤。草木的气味，如隐士酿制的清酒。微风过颊，玉米与芦苇悄语着有用与无用的永恒的话题。月色里的微风，是出色的翻译家，使得人、鬼、神无障无碍地交流起来。

六

清晨至少有七种鸟叫，听上去性格各异。除一只沙哑的，像是抢着搬是弄非的家伙不招人喜欢外，余皆清脆妙美，如同构树叶尖垂落的露滴。构叶大过姚明的巴掌，是猪草中的上品。采摘、剁碎、晾干，以便冬季拌以杂粮，上等饲料也。构树皮搓绳，结实耐用。

太阳出，浓雾淡，鸟鸣稀。 一天的序幕就此拉开。

七

祖父去世，特别是我一参加工作后，每到了春节，我就把母亲接进城里过。 但是上了锁的门，依然被堂弟们贴上鲜艳的红春联。 只是几天后，风撕色褪，有碍观瞻了。 现在，我拿抹布蘸了水，将门楣门框擦拭干净。 叮嘱堂弟们，以后过春节，就不要再贴对联了。

我不惧怕大场面，也应对过若干次；但我骨子里，实在是厌烦红火热闹。 假使诺贝尔奖苦于无法颁给谁合适，便幽我一默而奖给我，那我可能委托一个喜欢热闹的朋友，前往代领。

八

细想吾乡，凡邻古树之人家，纵然文盲，其待人处世，自有一种不可言说的教养。 原来古树本身，就是一个别样的图书馆啊。 我家这棵大树——大栗子树，其果实是野栗的三倍大，却又比板栗小二分之一。 若逢仲秋夜雨，祖母清早起来，树下捡拾自然脱落、润泽如玉的栗子，揭起枕下炕席拐角，塞进柔软的麦草里。 几天后，蔫了，甜了，味道无比柔韧醇美，走五里路，其香仍回旋于唇齿间。

祖母为我准备的童年零食，营养至今。 祖母持斋一生，孙儿我的慈悲又有多少呢？ 她去世那年我八岁，幸福生活随之终结。

九

这本大红封皮的“陕西省初中试用教材”《农业基础知识》，版权页标明“1972 年 9 月第一次印刷”，应是 1973 年我读初二时的课本。就是说春节一过，我升入初二时读的课本。那时一律春季招生，不用跨年度，一整年一整级，可能是图个省心吧。

《农业基础知识》是一门副课，内容是根据陕西地理特点及如何种植相应生长的农作物、如何饲养相应的家禽牲畜而编写的。代课老师姓解，照本宣科，嘴角白沫。他知道我学习好，语文数理化很优秀，课堂上总是旁敲侧击：“有的同学不要翘尾巴，不要以为‘学好数理化，走遍天下都不怕！’”他说这话时眼睛并不看我，而是看别的同学。总之我学习好是一个罪过，而他有责任警示并矫正这一罪过。到现在我也不明白其中原委。那个年代，若是泥腿了裤管糊满屎尿，或者日子过得常常揭不开锅，反倒有一种自豪感，对应到学生身上就算是学习不好，照样趾高气扬、令人生畏。

后听说解老师改行行政，当乡长去了。抓计划生育时上房揭瓦，五十多岁便去世了。

《农业基础知识》封二，套着花边毛主席语录，一共四条：

> 我们的教育方针，应该使受教育者在德育、智育、体育几方面都得到发展，成为有社会主义觉悟的有文化的劳动者。

学生也是这样，以学为主，兼学别样，即不但学文，也要学工、学农、学军，也要批判资产阶级。学制要缩短，教育要革命，资产阶级知识分子统治我们学校的现象，再也不能继续下去了。

以粮为纲，全面发展。

农、林、牧三者互为依赖，缺一不可，要把三者放在同等地位。

毛泽东的教育方针，如何评价？ 有无值得继承处？ 待我退休后，回来再重温此书吧。 陶渊明常常乞食，可能与其种庄稼不大在行有关，“草盛豆苗稀”么。

十

祖父方继明，字朗然，少贫。 虽读私塾不足三年，终因爱学好书，而成名医乡绅。 所以见书即购，家藏甚多。“文革”时大多被焚。 此五本书，发现于楼上杂物堆里：《眼科龙木论》，内夹处方一页，祖父手迹也；《诗经》卷三、卷五；注释《论语》的《正校增注二论引端详解》；父亲方周琰读过的书，被耗子咬得看不清书名，退休在家午睡的小叔，一生博览群书，叫醒他，起来辨识，他翻看了两页，当即结论道：《幼学琼林》嘛。

小叔父方周珑，“老三届”，大串联时逛遍了祖国大地，还与一个四川女子恋爱了一回，可谓见多识广、阅人无数。 他性格狂狷，朋友众多，五行八作奇奇怪怪的。 母亲和二叔方周瑾健在时，加上小叔，经常“三国演义”。 虽全是鸡毛蒜皮事，却搞得阶级斗争似的。面对这些，我们“英”字辈总是谁忙也不帮，尽力劝和。

但是二叔在先、母亲在后去世后，小叔判若两人，对他的兄嫂极尽“哀孝”，令侄子们大受感动。

十一

记忆里最早的印象，是祖父的毛笔字甚好。也听到别人经常夸赞。当然给我写过影格。但持久的印象，是祖父用钢笔给病人开处方。祖父下的剂量很小，药包拳头大小，如同书画评论常用语“不激不厉，风规自远”，所以求诊者来自四面八方。

祖父的桌上常年放着《参考消息》和《毛泽东选集》，一旦没有病人，就开始认真研读。学毛选是为了搜寻有利于辩护自己的语句，因为他在民国年间临时代理过一阵保长，且有二百多亩土地，长工短工若干。但他识时务，得知新社会要分地，他提前挥袖而全弃之。

祖父爱下棋。祖父的棋友之一，是街上的一个理发师，吃商品粮的国家职工。理发师抗美援朝过，拎一个脏兮兮的棋袋子来找祖父下棋。理发师老说祖父胡走棋，车能跑弯路吃他的马。祖父坚持说没跑弯路，是直路。于是理发师一掀棋单，子儿全收进脏袋子里，骂骂咧咧地走了。祖父始终笑着，也不劝阻。隔不了一天，那理发师又笑眯眯地拎着棋袋子来了。

天气好，六月六又是晒书节。小叔趁机晒书，同时让我看祖父的手迹:《中国医学史略》《解剖生理学》两本书皆被祖父认真包了书衣，再亲笔署名于封面。欧体字，很是清峻。

十二

祖父母生养了十个孩子，三个夭折掉。男孩排行“周”字；女孩“踩字辈”，即：排行字放置末位。所以大姑方松周、二姑方梅周、三姑方金周、小姑方萱周。父亲是长子，十五岁（1947年）开始教私塾。弟妹们免费，外族学生以粮食抵学费，且有茶叶、火纸（用于吸水烟）、蜡烛等敬师品。父亲十六岁时，给三姑写的影格，颜体风范，正大清爽，很见定力。但有几个错别字，并未全被红笔圈改过来。至于我的字，更是一代不如一代，纯粹的毛笔字了。

十三

如今的乡村，生态恢复很好，但土地荒芜严重。门前过去是稻田，后改成鱼塘。青壮年全进城打工，鱼塘也终于变成湿地，长满了芦苇与竹节草。竹节草又称节节草、节疤草、笔筒草。《草木便方》里说，此物可“通气明目，利九窍、治跌伤，止嗽化痰”。竹节草是竹子的微缩版，一如鸭子微缩了鹅、猫微缩了虎、乡长微缩了省长——当然不是指块头。

毛泽东时代，固然有不少伟大，但令人费解处也俯拾即是。比如百分之八十的人起早贪黑种着地，却导致人人饿肚皮。现在呢，种地的人已成“小众”了，反倒出现餐餐剩余、食物盛世的景观。

十四

此次回乡为母过三年，最大的惊讶是，从小叔的藏书里发现了父亲读过的课本与课外书，以及他为我三姑写的影格。过去从未见过父亲写毛笔字，就是高中毕业后，父亲通过关系让我去他身边当代理教员，在那一年半的时间里，也不曾见他写过毛笔字。说都没说过！

我便有些怀疑了。我记事的时候，在外地教书的父亲已与母亲离异了，母亲与叔父婶娘们，都没说过父亲的毛笔字。现在分析，可能有两个原因：一是他们对毛笔字没兴趣，一是硬笔大行其道。当时的革命氛围，传统文化被指斥为腐朽没落，凡能拿毛笔"两把刷子"者，不是"臭老九"便是"剥削阶级的孝子贤孙"——别说写毛笔字，最好提都别提！文盲、大老粗，那才叫时髦人物啊。

小叔说："你伯（父亲）每次回来，爱睡懒觉。你爹（爷爷）就喊叫：'周琰！周琰起来嘛，起来给你两个兄弟，给周瑾周珑写个影格嘛，还讲究是个教书的！'"

从这话里可以推断，四十多岁的祖父，认为他的二十来岁的长子的字，已经超过他了，可以为人楷模了。

小叔又信口说道："你伯写的字书，或是拿回来的书，你妈常拿去盖腌菜坛子，面上再压块石头。"

母亲是识字人，钢笔字也写得清秀工整，所以特别心疼字纸。每见我拿报纸垫屁股，她必定当场批评、制止，又怎会拿字书盖坛子呢！她是方家唯一种地的农民，莫非以此来表达对于丈夫家族的蔑视？

渭河是黄河的长子

黄河是中华民族的母亲河。这话已说得滥俗了。但因为是好话，也还是要继续说下去的。渭河是黄河的第一大支流，不妨看作是母亲河的长子河。作为长子，自然要尽长子之责任。还要有尽责任的能力。渭河有这个能力，并出色地、超常发挥地尽了责任。

中国古代社会，在其长达一千多年的时间里，渭河与其冲积浇灌的肥沃的关中平原，责无旁贷地肩负起国家之政治、经济、文化中心的担当。可以肯定地讲，是渭河经营酿造了令子孙们神往不已的汉唐盛世。从这个意义讲，中国的任何一条河流，都不能与渭河相比。我在一篇旧文里，自以为是地解释“渭”字，说因为这条河最能满足胃的需要，所以叫渭河。不是吗?吃是最大的政治啊，富庶的关中土地最能让你吃美啊。

但是，渭河被过度使用了！工业化以来，渭河被截流、被污染。相当的时间里，渭河成了一条臭气弥漫的沟渠。如此对待立下汗马功劳的长子，实在不应该！

所幸这几年来，政府和民声有了反省，开始认真地疗治与回报渭河了。效果颇为显著。在渭河流过的大城市，看看宝鸡、咸阳、西安身边的渭河，其芳草成茵、花树竞妍的风貌，很是令人欣慰。虽然水流依然浑着，含沙量却分明降低，于是招引来一些水鸟和游泳爱好者。

我在西安生活了三十年。过去老感觉干燥与飞尘，总羡慕清润的江南水乡。但这些年来，气象竟有些微妙变化。不时下雨，甚至大雨，也恍若置身南国了。后来悟出其中的原因——三峡水库之力也。水库是个小海洋，阳光蒸起成云，云驮雨而就近越过秦岭，意外恩泽了渭河及关中平原！这可能是三峡工程的设计者们没有料到的吧。好比你种下一枚桃核，却长出一棵梨树。更奇妙处在于，临到你采摘时，却又不是梨子，居然是满树的花生！这就叫诗意。

是的，渭河与关中平原，为中华民族的付出太大了。影响世界的丝绸之路，是从这里剪彩出发的。如今适逢大历史之轮回，作为黄河母亲的长子，渭河业已再次担当起辉煌复兴的伟大责任。

树犹君子与美人

“诗意”二字，解释起来很难。无论怎么解释，都必定有人跳出来“商榷”。森林是一个充满了诗意的去处，这句话应当不算胡说，而且浅显明了，估计质疑的人不多。我每每心情不好的时候，就送目窗外，静静地看一会儿树；或者到附近树多的地方，转转。于是，我好像与君子美人交流了什么似的，立即爽快起来。

城市里的树，是从森林里请来的亲善大使，任何时候都给人以和平安宁之感。在钢筋水泥世界，一棵棵树，恰如一款款坎肩，一团团绿云，使得生硬变得柔软起来，化冷酷为些许的温情。夏天的时候，约见一个朋友。说好了在一棵槐荫下见面，可是久等无影，却突然来了阵雨。没打伞的行人，全跑来树下躲雨。一时间来了灵感，即兴而成四句诗：

雨洗长安景色新，
流轮溅水万珠明。
如约槐下因何事？
伞来伞去未见君。

若是没有那棵槐树，就没有我这首歪诗了。

但我经常替树难过，甚至痛苦。树，以其守土有责、不改志向而备受赞誉。但是城里的树，却经常横遭祸端：忽然就被挖了，不知拐卖到哪去了。有的树虽然没被挖，四肢却动辄被截、被锯、被剁。树犹人也，其苦何堪！树，应该是会说话的吧，只是我们听不懂而已。树说的话大概是：既然你们烦我长得高，影响了空中的电线，既然你们嫌我过于茂盛，遮挡了你们的门窗，那你们为何不选种些长得慢、冠盖小的树呢？我们原本在森林里、在山坡上，生活得多么自由、多么舒畅啊，是你们硬要请我们来的嘛。

很多年前看过一则逸闻。说是某国某城的一个店家，将半盆弄脏了的开水，随手泼到街边的树身上。恰好被一个警察看见，店家当场受到呵斥。警察依据该城保护树木之相关法规，命令店家马上拿凉水浇树身，疗治树的烫伤。同时要求店家，真诚地拥抱树，再向树三鞠躬，以示愧悔歉疚。店家一一照做了。

那个城市与树的亲爱关系，深深地触动了我，久久难忘。我羡慕那样的城市，我崇敬那样的警察。我也赞赏那位知错即改的店家。

吸收人类的一切文明，也就是我们古人说的见贤思齐，不亦乐乎！古人的赞叹与期待，我们今人仍须努力啊。

小住北戴河

秦皇岛机场，原来，就是山海关机场。林彪元帅当年，就是从这里起飞，葬身异国他乡的。机场如此破旧狭小，估计是原貌。也好，反倒可以原生态地凭吊与感叹。假使这里不曾发生过震撼世界的大事件，那么，适逢“无处不改造”之大时代，这里绝对早已旧貌换新颜了。推想地方官员的心思吧：林彪是个倒霉蛋，还是敬而远之吧，免得染上晦气。

眼前，铁门锈在那里，像一个废弃了的乡镇企业的门。本是让旅客出进的，却不打开，而让你从一个矮屋下的檐廊往出绕。因为要留一个影，耽误了两分钟，绕出去时门竟然锁了。忍不住喊一声：“不让我们出去？”就冒出一个妇女，说：“以为旅客全出去了呢，这有什么看头！”

廊壁上的招贴画，出现一个惊讶的广告地名——东戴河。北戴河是闻名天下的，但是知道还有一个南戴河的，恐怕不多了。而我，晓得南戴河的。正心生得意时，劈面来个东戴河！顿时觉得自己其实照旧孤陋寡闻啊。门外冷清，有出租车喊叫：来啊来啊，进城一百元！一个中巴也招呼客人，一人才十元。环望四周景象，倒也江山依旧如画，英雄空对秋风。

毛泽东在北戴河看日出，和太阳相互点赞，眼望白浪滔天，留下词一首“换了人间”。我今来此，物是人非。季节不同，风向也相反。

逛山海关时，深感长城从未挡住过外敌。明末清初，李自成、朱由检、多尔衮、吴三桂，四个男人相互角力，外加一个名妓的客串，上演了一出“亡我中华”的大悲剧。

戴河是条小河，入海口却也浩然有势。其北曰北戴河，其南曰南戴河。北戴河不是河，是指戴河以北的区域。南戴河也是同样的意思，指戴河以南的区域。南戴河海边的防护林，由当年的天津知青所植，蓊郁摇翠，绿风爽人。景区内有小火车，燕山余脉之小山，被空中索道勾连。白云蓝海，青树金沙，忍不住折腰手书曰：此海盼我久矣！

至于东戴河，听说是为了开发秦皇岛与山海关之间那片荒芜地带，而玩的一个旅游概念，意在蹭北戴河之光芒。

“四面八方”是中国文化的一大特色。既然有北戴河、南戴河、东戴河，那就应该有西戴河吧？问了好几个当地人，都说没有西戴河。不服。上网一查，竟真的查出一个西戴河来。原来在河南济源市，在小浪底，有条很小的河，叫西戴河。

中国作家协会北戴河创作中心，是一个简明清雅的小院子。每年的最佳季节，分批接待全国各地会员。可以偕配偶。我与妻子来此住了十几天，感觉甚好。每天上午参观附近景点，下午休息，或读书写作，晚上看电影。遗憾的是作家们年龄都有些偏大，交流与谈论的激情不甚浓厚。吃饭时有人抱怨，说如今人不大读文学了，全痴迷到网络上。心里想笑：大家自身都是写文学的呀，不也几分钟就抓起手机，刷个不停嘛。

汉家美食最豆腐

俗话说有肉不吃豆腐，是说人们在享起受来总是先挑最好的，预先设定了肉比豆腐好。而在我成长的家庭里，最上等的美食，除过豆腐再无第二，因为我家世代持斋。人民公社期间，粮食产量很低，还得支援世界革命。所以除了过年，平时的黄豆是舍不得做豆腐的。一概磨成粗粒豆渣，混搭野菜充饥。只有到了腊月二十五，才正经八百地磨一回豆腐。于是拉开了春节的帷幕。

豆腐的吃法不计其数。热吃冷吃，香吃臭吃，与人共吃或背地偷吃，都是悉听尊便的事。豆腐的发明人，传说是淮南王刘安。刘安是刘邦的孙子，尊道卑儒。他在炼丹时意外地用卤水点化出豆腐来。这一发现我认为价值高于四大发明，且在多年前的文章里表述过。中国若无四大发明，别国迟早会四大发明的；但中国人不发明豆腐，人类恐怕至今无豆腐可享。刘安为汉文化做出的另一伟大贡献是组织文人学者编纂了一本《淮南子》，集古今思想之大成，媲美先秦时的《吕氏春秋》。在我的长篇小说《后花园》里，主人公出门旅行时随身携带一卷《淮南子》，亦见我对斯书之欣赏。

我爱吃豆腐与胡萝卜混剁成馅儿包的饺子。早茶时胡读乱写，又爱同时趁牙口锐猛而大嚼豆腐干。但要节制，因为我的胆囊被切了，吃多了豆腐腔肋疼。且夫世上的好东西太多，你又怎能吃个够呢！

总之吃豆腐是件开心事。旧时人家有了丧事，自然要摆席，款待前来吊唁者。菜桌上有肉没肉视家境而定，但豆腐是不能少的。所以吊丧便有了另一种说法：吃豆腐去。丧席一般摆在露天，过往的闲人见了，便趁机前往吃蹭饭，丧家也不好驱赶。后来引申为男人调戏妇女占便宜，亦称吃豆腐。程度似乎在得手与未得手之间，恐怕高级法官亦难判定。也许女人的乳房颤悠悠如豆腐，登徒子们多从那里动手吧。

奔　六

吃穿一旦不愁，便觉光阴飞快。这不，再过两年就退休了。生在新社会、长在红旗下，虽也经过几十年“瓜菜代”的日子，毕竟是海内和平无战事，只要硬挺而煎熬过来，理性地增补食物，常态保健，于是就经常碰见那些本属“古来稀”的老头老太，竟吃撑得翻筋斗、练字画呢。一位年迫八秩的老学者，童颜鹤发、元气沛然，牙齿未脱一颗，天天要咥锅盔夹辣子。有人请教他养生术，他说：每天早上睁开眼，别急着起床，先做个十五分钟睾丸保健操吧。

此睾如何具体操法？未曾打探。反正我不打算获取此功，因为五十岁后，业已形成老村夫习惯：黎明即起床，沏茶坐书案，纸上种庄稼。若是赖床挺尸，窗外的空调管道里，栖居其洞的鸟家族，便要大放厥词：起来好鸟，赖床坏鸟！我曾有一联颇受传诵：“睡去即作古；醒来又重生。”是说生死一体，生中有死、死里含生，循环往复不绝永恒也。可是一个死字，对于个体生命而言，毕竟属于世界末日。死后是什么？没有人知道。于是产生了宗教。宗教的答案摆在那里，信不信由你。

我四十岁后，死字是经常冒出脑海的。八岁时祖母去世，第一次发现死很可怕。一个活生生的、最疼爱我的人，说殁就殁了，就埋进土里了。但却未将死字与自身联系，唯觉得死字是属于年龄大的人。后来上小学、初中、高中，总有一个两个同学夭折掉，这才确信老年人的说辞——生死路上无老少。并以庄稼为例，说你看你看那，总有几株苗子，冒出地皮不久，便枯死了。有的庄稼眼看结果之际，竟也忽然莫名其妙地死去——恰如一个人结婚不久，突然离世了！

人生无常，变数难测。如果碰到急需要办的事，我就想我可能活不了几天了，于是抓紧办，免得留下烂尾工程。有些事却不能急，需要文火，比如把毛笔字写得超过苏东坡，那就得慢慢玩儿。不妨假定自己脸厚，能活一百岁，一副从容淡定的伪劣老禅师风度。总之，生亦不必过喜，死亦无须大悲。父母早去了另一个世界，我们死后，或可投进双亲怀抱，耍赖撒娇，理直气壮地索要好吃的好穿的。

每次过马路，等候红灯一秒一秒减缩，顿觉生命恰如此景，一天一天被切掉。于是什么事情都想开了，任何占有任何争抢，都很荒诞可笑了。你连自己的光阴都无法占有，何况其他。我们不论是谁，一概是生也宇宙尘，死亦天地埃。遂无悲喜，快且乐矣。

同道如同母

国是最大的家，家是最小的国。所以大凡为妻者，皆有皇后风范，四季与娘家人保持血肉联系。有姐妹五人，当然一母所生，又同居一城，于是每周至少召开一次喜鹊会，主题是叽叽喳喳柴米油盐枕套袜子拉绒裤，以及网购电卡独生子女证找不见了之类。你这次从日本回来给我儿子带条围脖，下次我去杭州一定给你女儿买条丝裙。多数时候，那五个连襟如同保镖般跟随着扎堆儿。他们坐在外围抽烟闲扯淡，由于职业不同，就尽量搜寻共同话题，努着力要往一个壶里尿。他们之所以离不开老婆，是因为懒惰无能，经过十年二十年的婚姻打磨出一条真理：跟着老婆有饭吃……姐妹里的一位当着处长，常得些免费票券，水果啦小电器啦，自然是一一分赠众姐妹。若她是个大官，大约早就直接或者曲线提拔了姐妹们。娘家来人，那是要管饭且留宿的；婆家人来，则要看其是否空手，眼珠再旋转出相应的信息。这是女子生来统领家庭、珍重血缘的天性，谈不上道德瑕疵。就连武则天那样的圣君，不也是差点儿将皇位传给了娘家人么！

巧的是同城另有五兄弟，当然也是一母同生，却多半不往来。只有到了每年的清明节时，五兄弟才在父母坟前相会。匆匆一饭，鸟兽散去。前说“多半不往来”，意思是其中有两兄弟，夫妻四个都是教师，却是经常走动的，每年两个假期都要结伴儿出游，这便是人亲道亦亲。实际上道亲是胜过血亲的，我们一有闲暇，或者需要寻找对象分享快乐，倾诉烦恼，那么首先想到的并不是亲兄弟，而是志趣相投的朋友。当然亲兄弟间若能志趣相投那是再好不过了，可惜极为罕见。历史上确乎有那么一对同胞兄弟——苏轼（子瞻）苏辙（子由）两兄弟，一生相知复相亲，遂成为千古美谈。

苏轼齿长苏辙两岁，一同启蒙于文学家的父亲苏洵。后来一块儿被父亲带往首都东京（现开封）科考，双双中举，由此走上领导岗位。虽然异地为官，但因都是诗人作家书画家，所以信函往复十分频繁。兄爱弟来弟敬兄，根本原因在于兄弟政见相同，基本儒家中庸，主张既不能墨守成规，又不宜改革过激，因此仕途不顺常遭贬谪。苏轼更因心直口快不善藏拙，因几首信口诗被政敌上纲上线入了大牢。这可急坏了苏辙，连连上书皇帝，为兄辩诬，愿意替兄坐牢。可是奔走呼号无果，于是精烹鲜鱼送进狱中。苏轼见鱼大惊，顿觉此命休矣！原来他与妻子有约，外面传闻没事的话，就照常送些粗茶淡饭；若事态恶化则送鱼。苏轼不知道鱼是苏辙送的，见鱼悲绝，却首先想到苏辙，遂吟诗一首《狱中寄子由》：

是处青山可埋骨，他年夜雨独伤神。
与君世世为兄弟，更结来生未了因。

苏辙是颇为君子敏于行而讷于言的，所以官做得大于兄，诗文也是一流。只因兄长如太阳般耀眼，自个儿便被遮蔽了。但他毫无怨言，能有的全是自豪与窃喜。何况给苏轼遮蔽的人也实在是太多了，所以苏轼老是挨整，一辈子倒霉蛋。但是需要特别提醒一下，假使没有苏辙，那么我们很可能读不到苏轼那首美妙非凡的中秋词啦！月到中秋我们照例是滥饮一通，断然不会千古一问“明月几时有”！因为那首旷世杰作有个副题——兼怀子由。

宋神宗熙宁九年（1076）的中秋节到了，苏轼想起亲爱的弟弟苏辙，兄弟俩已有五年未见面了，于是醉酒以援笔，愁肠江海倾泻一阕：“……人有悲欢离合，月有阴晴圆缺，此事古难全。但愿人长久，千里共婵娟。”如此贯通天地，将人类普遍的相思难圆的缺憾感伤，无比美丽地描绘出来，从而获得无限的升华、永恒的慰藉。

兄弟姐妹若能同道，算是几辈子修来的福气。俗话说一母生九子，子子不相同，所以才有“四海之内皆兄弟”一说。其实应该是，“四海之内，可能有兄弟”。同一个家族，除非重大的红白喜事，一般情况下是不怎么往来的。时常走动的，多半是些狗皮袜子没反正的朋友。有次聚会，朋友摆出笔墨让我写字。写什么呢？厚德载物？惠风和畅？实在寡淡乏味。于是即兴打油一首，虽然粗俗得就那种“薛蟠体”，却也似乎写出了某种普遍性。不妨照录在兹，博看官一粲：

城中人千万，与我何球干！
无非几个鬼，不见常想念。
相见有何事？喝酒扯闲淡。

痴　公

智公这个人，是位写文章的高手。文章难养家，就间隔着临帖访碑练书法。由于悟性好，很快就产生了民间声誉，求字者络绎不绝。智公也不端架子，要字者或赠物或送钱，或者空手，他都无所谓，一概满足对方。书法家见了，很给他面子，夸他写的是文人字。一个朋友酒后告诉他：人家背地里说你写的是屁！

还是不要越界的好，智公反思了，还是写文章本分哦。

朋友中但凡有才华的人，都让智公激动不已，发现了新大陆似的。只要求他写文章宣传推介，他必定挑灯走笔，反复修订到天明。然而每写一篇文章，便得罪一个朋友。甚至个别交往了几十年的老哥们，读了智公写其文章后，便从手机里删去智公的微信与号码。

智公百思不得其解，见面就向我诉说委屈。但我只是配合他委屈一下表情，并不想替他点破原因。当他第四次表达纳闷、感叹人心难测时，我实在忍不住才说，智老啊，你一开笔就错了嘛。错哪啦婴老？智公急不可耐地问道。我赶紧说没啥没啥，压根没看法信嘴胡哇哇咧。好吧婴老，附近新开了一家陕北红焖羊肉馆子，我请你，咱老哥俩好生谝谝！

吃着羊肉喝着烧酒，智公问我他何以“开笔就错了”？见他那求谏若渴的神情，我问他你为何一开笔就说是人家三次求你写他呢？这不等于损了人家的尊严、破了人家的面子嘛！事实归事实，但却不该写，至少不宜写。智公噢一声，面部表情却依然是大江茫茫两不见。我接着说，你有个文章开头居然把人家送你寿山石请你写文章的事抖搂出来，这不羞得人家脸要往裤裆里缩嘛！这是文人交往很雅的事哦！智公辩解道。他这么理解，我就没法往下说了。他真不清楚真品寿山石价抵孤版邮票？那都是钱哪。

晚上想到半夜，觉得当面不好讲透，不如给智公写个信，说出旁观者清。其实完全不必操此闲心的，我只需以智公为镜，自己别那样写朋友就是。可又一想，这么做不是诤友啊。终于也就给他写去一封信。

我信里坦诚谏言智公写人的三个问题。第一个问题是视角选错，写谁就要喜欢谁、欣赏谁。而喜欢与欣赏，就应当以微微仰视的角度去看对方，如同站在山根抬眼坡景。而智公是坐视俯瞰角度，一看下方，是个秃顶嘛。第二个问题么，智公是颂歌不足，挑刺有余。人家请你写他，分明就是要你夸他。说是请你批评指教，不过是个礼貌话，傻子才当真呢。即使批评，也要曲笔委婉，类似庄子寓言，或是东方朔向汉武帝进谏，切忌曹操横槊当面赋诗式。第三个问题是，智公有强行辅导情结，好为人师难免烦人。也有借机显摆学问之嫌。好比让你做婚礼嘉宾讲话，你只说了一句应该生二胎，接着却大谈傅山书法该如何欣赏、逛格陵兰岛什么季节最合适，全然不顾客人筷敲碗碟等着吃酒、新郎拳头攥得咯叭叭响……

其实信一塞进邮筒我就追悔莫及了。我批评智公有辅导癖，而我竟又恬不知耻地反过来辅导智公，岂不滑古今之大稽！他因辅导朋友而得罪了朋友，我现在辅导他也肯定令他一蹦九尺高，没准要雇人拎着砖头来拍我呢。

果不其然，同城一封信，四天无消息。坏了，完了，该考虑购头盔呀。

但我实在是小人之心度了君子之腹，智公是何等的高人雅怀哦——第五天发我一条短信：婴老啊你的来信让我整整反思了三天啊，你把我的毛病看得太准了！谢谢谢谢……他说他要通过实践来矫正自己的缺点，说他已草稿完关于骆大师书画的文章，眼下刚进入字斟句酌之修改阶段。见他如此谦和诚恳，我也就顺杆子往上爬了。我说为了稳妥起见，建议先发我看看，增加一道防火墙没有坏处的。不用啦不用啦……智公语气相当自信。

这是那年腊月初的事。可是天天刷智公屏，一直刷到腊月中旬，仍不见他发布关于骆大师的文章。忍不住短信问他，回答说文章不厌千遍改么，我要在特别的日子里给骆大师一个惊喜、一份重礼！

腊月三十早上醒来，眼睛一掰先摸手机。屏幕一刷，只见五分钟前智公贴出写骆大师的文章，配发毛笔手稿填满九空格，墨色看上去变幻无穷，乱云有序竞飞渡呢。开篇句子果然绝佳：骆大师是长安书画界一位响当当的人物。好，就该这么吹，没问题啦！待我披衣亲自去尿他一泡，然后侧卧床头细细品读。

卫生间踅回床上，一刷屏幕，只见骆大师第一位留帖：求你赶紧把它撕了，我全家要过年呢！

怎么回事啊？ 赶紧通读，不禁哑然失笑，终于见证了江山易改、禀性难移并不是古人瞎说。 智公智老啊你真是奇人痴公啊，我婴老平生能遇见你这样的朋友，如同欣赏一朵快乐的云，不时游弋于窗口呢。

左笔处女文

开春以来，工作退居二线，时间相对多了些，写字量就增加起来。浑忘了松弛有度，导致右手大拇指关节疼。我已经知道此病有个学名，医学上叫作腱鞘炎。三年前写疼了中指，去三二三骨科医院，第一次发现竟有个“手科”！医生一摁我中指背，疼得我尖叫起来，惊乱了楼道上的脚步声。然后开药，处方。一见我名字，医生笑了：难怪嘛，作家啊，写作过度了！其实准确表述是：写毛笔字时间长了，一直拿毛笔写作。指头贫瘠肉少，打封闭针的感觉，不亚于关云长刮骨疗毒啊。

所以这回，大拇指发作腱鞘炎，一冒苗头我便发布微信，庄严诏令“休爪一周”。可是次日早起，案头一坐，本能地抓起毛笔，揭开墨盒。这是十几年来养成的毛病，跟杀猪匠早起没听见猪叫一样，心里痒痒难受呵。于是左手抓笔，抄录了孙过庭《书谱》里的几句话。虽然速度很慢，很别扭很把作，跟百岁老婆婆纳鞋底似的，但是毕竟写了几行，毛笔字瘾算是过啦。

世界满是伪善让我腻歪，只好假装不正经，以厮守可怜的自尊。微友们见了我的左手字，揶揄打趣纷至沓来。夸左右开弓了不得啊，赞好过我的右手字啊，称有汉简意、章草味啊，说写家应当敬爱其手不可透支使用啊……总之说相声扯屎淡……我现在站起来自审业已写成的字篇，联想到陈少默那“墨蚕爬雪摆子体”，不由一乐。传说当今走俏一种丑书，大概也是躲起来拿左手炮制的吧。地位甚高的傅山字徐渭体，是否亦如此手段作秀而成？妄议前贤，罪过罪过。

因为右手劳疾而左手过写瘾，感受惊人喽。一是左手写字如此艰难缓慢，却倏忽奔来遥远的幼年。破蒙初笔时的天真光阴，长辈们幻影般飘来眼前，难禁泪涌。二是左手没有写字的使命，你怎么断定它就不会写字呢？毛遂无名，是因为你没有将他装进口袋，他何以脱颖而出！身体乃父母所赐，神因爱素自存其间。身体的每一个器官，都潜藏着未知的能量，或曰诉求。俗世只醉心于开发外宇宙，贪婪攫取其实并无用场的多余财富，却闲置了内宇宙的无限宝藏——让我们获得身静心安的宝藏。

每天读书一小时

——在省直机关读书会上的演讲

受邀抬举来此与大家谈读书，心里还是挺紧张的。因为大家都是读书种子，不读书怎么能成为省直机关干部呢？凭什么管理并服务于三千七百万三秦父老呢！所以给大家讲读书，无异于给厨师讲烹饪、给飞行员讲航空知识。加之近二十年来，我几乎不曾公众演讲过，演讲功能丧失殆尽。新世纪开始我决定两戒：一戒麻将，一戒演讲。麻将耗时费钱，演讲易招非议。大半生过去了，深感人生之难莫过于管理自我。具体说来就是难以管好自身的各个器官，其中嘴巴尤为难管。经常话一出口就后悔，不出口当时又实在憋得慌，导致抢夺话筒急欲语惊四座，全然是箭在弦上不得不发的架势，唯图一时痛快！己身弱点如此严重，所以尽量回避演讲场合，这便落个不好名声：方老架子大，难请！一个作家，除了以作品与社会交流，我看不出还有什么活动不可舍弃。但是这一回不能回避，因为我也是省直机关一员，义不容辞吧。

演讲更有一个难点，实话不宜多讲或者不敢往深里讲，而能引起听众共鸣的又恰恰需要实话实讲。好在读书这个话题相当宽泛，可交流的层面无限广阔。这又出现一个问题，太宽泛了难免老虎吃天没处下口。所以我发微信感慨道：读书是精神上的吃饭，吃饭是生理上的读书，本是人生常态，有什么好谈的……参照领导讲话“我今天只说三句话”这一经典模式，我也就谈个三点读书体会，或者说谈三点我对读书一事的看法，交流大家求同存异。

第一点，我们中国人读书偏重功利色彩，什么书中自有黄金屋啊颜如玉啊之类，指科举时代读书是通往仕途的唯一桥梁，当上官了又有钱又有好女人。现在依然如此，读书是为了考上名牌大学，终极目的与古人一样，不说也罢。大家心里都这么想的，说出来却是为了建设伟大祖国。这种状况既合乎天性又顺乎情理，以其强大存在而没法讨论，索性搁置起来不去讨论。一句话，我们自小就被家长老师要求只读有用书，于是导致相当的中国人生就要么单调古板，要么老于世故，过早地丧失了天真质朴活泼可爱，直接负面效应就是滞缓了科学艺术进步。科学艺术的发展前提是自由思想，自由思想又根本来源于自由阅读，或曰兴趣阅读。

因此第二点，我这里主张多读“无用书”，指那种当下甚或永远都不会带给你世俗好处的书。这种无用的书，一定很有意思，让你一读就想读完。毛泽东说没有读过五遍《红楼梦》就没有发言权，邓小平则偏爱武侠小说，你能看出伟人读书与其伟业有什么必然关联吗？恐怕不易说清。但是这类没用的闲书，熏陶了他们的迷人风采与卓越谈吐。因为所谓文学书，就是我这类家伙杜撰出来的“闲书”，为读者打开了人性奥秘的文学书。认清了人性，也就是把脉了他性与自性，你便知道了如何与人相处。国家性呢，不过是人性的极大化罢了。

照我如此说来，读有趣的闲书还是有了功利色彩。其实也是必然的，正如佛学理论所说：如此后果盖有前因。人的貌相乃父母所赐，但是眉目神采却由读书造就。我们接触一个人，三两句话，一两个细节，便知道此人爱不爱读书，爱读书又主要读的哪类书。其脸其色，明确无误地显影着他或她的阅读书目。若是亲切可爱，谦和又雅致，我们就非常喜悦；反之，一分钟交往也嫌漫长。如此风度，毫无疑问，是阅读“闲书”滋养出来的。

第三点亦即最后一点，我建议诸君每天读书一小时。生活节奏快，人人又染上手机刷屏瘾，又都热衷于追求实惠，所以划拨过多的时间用于读书，显然不切实际。十五分钟读经典，永远记住其中的一两句话，慢慢品味，无须参考专家解读。比如《道德经》第四十四章说的“多藏必厚亡”这句话，意思是过多拥有一定同步导致过多丢失。实在是真理啊。你获得巨大财富，自在感与安全感就迅速下降；你得到很大权力，普通人的自由顷刻丧失。知道了这个道理，那么假如发生这样的事，比如工作是你努力做的结果却是别人获得提拔，你便不会委屈与抱怨，因为你明白提拔者意味着获得荣耀的同时也获得了风险，而你仍一如往常地，靠着为人民服务拿工资养家，心安理得快乐依然！

另外的四十五分钟大可乱读一通闲书，小说啊历史啊之类。就算是一本专门讲述郁金香历史及其栽培技术的书，只要你觉得有意思，你就只管阅读好了。每天读书一小时，等于每天度过一小时隐士光阴，等于每天安安静静地，自私自利地享受一小时纯粹的自我存在感。如此坚持三个月，气质肯定起变化，胸襟也会不知不觉地开阔起来。遇人处事不用说，愈加从容自如了。

瞎说一阵，信不信由你。谢谢大家！

文学没谱

每年5月份，文艺家都要被组织采风学习、积累素材。先是文联邀请参与他们“到人民中去”（采风团旗），被我托词婉拒了。吹拉弹唱的，写写画画的，本就人民得无法再人民了嘛。况且组团深入生活，地方相关部门按程序导游你参观，你能获悉的真相实在有限，基本无益于创作。但是作家协会来通知，要去陕南精准扶贫一线采访，就不便推诿了。

五天时间看了安康市的三个县，岚皋、镇坪、平利。走马观花，“等因奉此”交差一篇文章……秦巴山汉江水，是北方的南方、南方的北方，是中国最适宜人居的区域之一。就是经济滞后些。通俗说吧，来钱少。我在汉阴县挂职副县长两年半，每次开会，大家都熬煎如何增加群众收入，总是眼红地谈到陕北的煤气暴富。我说不要羡慕陕北，陕南的蓝天白云绿水青山，本身就是莫大的福利。将这些元素折算成钱，不等于人人比外地高了三级工资么！保护好这里，原生态地生发农林产品，比什么都重要。

与地方作者交流写作与毛笔字，自然是规定动作。在陕西版图最南端的镇坪县，给文学作者讲了一堂课。文学在某种程度上说，是个不着边际的事，不大靠谱的事。所以严格说来，文学特别是文学创作，事实上是没法讲的。我们只能就具体的一首诗或者一篇小说，谈谈它给人的启示意义与修辞美感，以及如何修改可以更加提升它的境界。可惜没有阅读当地作者的作品，只能泛泛谈了几点建议。一是要反复阅读自己喜欢的文学经典。再经典却不合乎自己口味，没必要硬读。作家是没有什么必读书的。若想成为一个好中医，肯定必读《黄帝内经素问》；但是想成为一个好作家，却未必非得读《红楼梦》，因为“文学没谱”。二是勤于观察，处处留心。特别要注意不同人的言行举止，这个与阅读经典同等重要。文学是写人的学问，不观察人怎么写？三是养成记日记的习惯，诸如平时阅读的感受，与人交往的有趣事，一个好菜的做法，一款引人注目的衣服哪来的，谁谁说了一句很有意思的话，一处很别致的风景，一株特别的野草，某个动物的异常表现……都应该记录下来，以备正式进入创作时可以信手拈来。

我参加过少量的文学新作研讨会，觉得意义不大。都显得急匆匆的，日理万机的样子。与会的专家教授多半没有通读过作品，只是泛泛地“思想表扬”一通，借机贩卖刚刚读过的洋人理论，穿插几句影射现实的不疼不痒的话，显得没有什么“技术含量”。文学不是哲学，文学作品是由语言、人物、情节、意境等元素构成的艺术世界。都拿“思想”说事，忽略或掩盖了对于作品的美感欣赏——当然前提是你的作品首先得有美感。如果美感欠缺、人物悖理、修辞有病，应当现场指出来，以使被研讨的作者有所警惕，日后写出更完善的作品。文学跟烹饪一样，当然也有技术与技巧。文学固然不是技术与技巧，但是优秀的文学一定具有高超的技术与技巧。当然这技术技巧，在一般读者眼里，是看不出来的，像行云流水一样自然而然的，因为大匠无痕。

云　品

晚春初夏时节，南国的朋友与读者依次快递来各类名茶。美物当与良友分享才好，却因眼花腿软无力奔来跑去送上门。来访朋友不空手时，走时正好送点茶，也让人家离去时手不空。所谓礼仪之邦，就这种调调吧。

那天下楼取快递，照例是茶。茶名略去，以免读者抱怨广告植入。签字时电话响了，一接听便是哈哈哈。这是胖人的特色，不论通报何事，序言总是一盆笑声兜进你耳孔，仿佛自冲其肉连带涮肥。其实毫无效果，什么时候见了他依然是盛唐气象。正事完毕我顺嘴说了句想喝好茶了来拿。那你放在收发室里吧，胖子哈哈道，说他天天下班路过我单位门口，停车一取方便得很。

走进收发室，跟收发员打招呼的同时拆开包裹。四盒茶，与胖子均分好了。全部送他没道理，一因我的境界不到，二也不愿拂了赠茶者美意。取出两盒，剩余两盒继续一包一裹，写上胖子名字。收发员说好啦，让你朋友下班前来拿便是。手机拍个照，发给胖子看。

三天后路过收发室，进去一看包裹依然躺在原位置。收发员说没人来拿啊，边说边推顶鼻梁上的眼镜。我咕哝着走出门来，随手发信问胖子，回答说近来特别忙，忙忘了哈哈。我说噢哟忙活朴槿惠的案子吗？回信五个哈哈哈哈哈。心想你胖子当然是不缺茶的，只是这么好的新茶你未必有；但是关键不在这里，关键在你既然答应了接受茶，就应当以迅雷不及掩耳之势拿走。这不仅是个态度问题，尊重别人的问题，更重要的是你正好借此证明你自己言而有信吐口唾沫砸个钉，无愧一匹耸立天地间的男子汉大丈夫！

又一想，洒家也未免过于小题大做了，不就两盒茶叶嘛至于让人家狠抓落实不过夜！若是两块金砖，你瞧吧，胖子定如激流里的水雷早就汹涌滚来抱走喽。紧接着端午节三天假，胖子是否将茶取走不知道。自己也随即忘了，毕竟芝麻粒个事。上班第三天出门取快递，恰好碰见收发员，告诉我说茶叶仍在呢，很可能是胖子来拿时他刚好下班了。这回真是不爽了，却克制着以无所谓的口吻说人家看不上也罢，我拿回去自家喝呀。收发员上抬手掌托摸双层下巴，再竖起食指上推眼镜说送出去的东西再收回来是不妥的，说你是忙人事多，把你朋友电话留下我逮个空子送去吧，也就两站路么。这让我惊讶之余很是感动，顿时回到雷锋年代。

将胖子电话写到包裹上，出来碰见正门口的两位保安。两厢一对比，觉得收发员实属斯文人也，轻言细语不温不火的风范，天天收发报纸杂志，空闲了就阅读，时间一长便浸染了几分书卷气。而眼前的门卫呢，保安服宽腰带，开门关门登记盘查的，眼神始终质疑着“这家伙是否犯罪嫌疑人”啊。

第二天一早胖子发来短信说茶叶收到了。收到而非拿到，说明是收发员送去的，当即感动起来。彼时刚铺开宣纸，正在琢磨给一家杂志刊庆该题写什么内容，思维立马跳到收发员身上。得送他个字吧。笔一挥，四尺横披四个字：云品自高。晾干后装进字袋。

书房“采南台”距离单位十八站路。中途绕过大雁塔，下车步行一站路。步行了百十来米，迎面骑来了收发员。老远就招呼，谢谢他替我送茶叶。他没有反应，近视嘛。到了跟前见是我这才停车，再次谢谢他。他说没事，手推眼镜这才想起有那么个事于是再说两遍没事没事。我说实在不好意思，我生性不爱交往也不爱胡乱打听，你贵姓啊？他说姓童。我说，童师我清早给你写了幅字，随手将字袋插进他车前的网兜里——里面装着邮件与包裹。他一愣不知所措地张着嘴巴，说都知道你字挺值钱的我可不能白要。你说哪里话呀，我赶紧低调，这好比我自家地里的西瓜随手摘一个送你降个温么。

听我这么一说，他又一次推顶眼镜，似觉我说得在理，才勉强接受。可是分手十几秒钟后，他忽然倒骑回来，超我前面掉过头，将字袋抽出递还我说，我想了想还是不能要你字。呀嘿我今天这是怎么啦，送茶人不取，送字人不接，做人也未免太失败了咯！

说个实话你别见外啊，收发员说，我晓得你的字大家都求之不得的，可是我这人无聊得很，从来没喜欢过书法。童师啊，我说，那你喜欢什么呢？他上推着眼镜，竭力回想着自己究竟喜欢什么。我没啥爱好，他说，除了吃饭睡觉加上班，还真是没啥爱好。这是绝对不可能的，我说，一个人怎么没有爱好没有习惯呢，就是和尚也爱上个电视与漂亮的女主持谈茶论道么。

他取下眼镜哈一口气，掏出卫生纸认真地擦着，脸上写满了尴尬。眼镜擦好了戴上了，笑了，说我就爱好个跑来跑去给人送东西……不耽误时间了，退休人员等着邮件和包裹呢。望着他舒缓踏车的背影，我这里就相当尴尬了。

历史以我写的为准

出行的方式不一样，遇见的人与事就不一样。选择马车、汽车或是火车，或者索性是步行，沿途会碰见什么故事，这是再天才的小说家也无法预告的。然而互联网一撒，世界顷刻缩小、四海倏忽眼底，不可能交往的人居然就神奇地交往上了！此举一例。

好多年前，博客来访一位网名“最美流花”的读者，留言诙谐有趣。回访一瞧，人家是杭州一位教授型女作家，文章写得简明爽快，读书量是我的几倍呢，不刮目不由人了。自然就相互关注了。

最美流花真名马毓敏，就我的两部长篇小说《落红》《后花园》，写了一篇不吝赞扬的文章。于是感动。后来她要出一本书，让我题写书名《花流影人》。认真写了一堆，挑个顺眼的寄去。对方收到后，当即转来一千元润笔费，实在惊骇了我！我说我固然也属于死爱钱之流，人民嘛；不过我早就声明过同道请写书名是给我荣耀呢，不让我倒贴银子就很慈悲喽。她说，你没必要高雅哦，我只是让你自己换条烟买瓶酒罢了——烟酒没法寄哦！ 我说这个性质不同。

马教授是鲁迅同乡绍兴人，见我没有点收润笔，四月份就快递来新采的龙井茶。 寄一次也罢，连续四年的四月天准时寄茶来，用句网络流行话讲：这就让人尴尬了。 今年龙井茶再来时，随手撕一片包装袋纸，即兴手札一篇曰：

> 苏轼，美髯公也。当杭州市长时，率领市民清理西湖淤泥。一妇女惊呼道："先生，你腿上这么多毛啊，何不拔而制笔！"轼从其计。笔成首写一诗："水光潋滟晴方好……"此事未见正史，乃昨夜梦里，坡仙亲口告我也。
>
> 长安　采南台手稿

拍照发微信，原件寄赠钱塘雅人，聊作回谢。 对方收到后，当即精装以补壁。 江西青年作家、《教师博览》编辑周正旺看了很喜欢，下载拟发于杂志封页。 结果终审时被撤掉，理由是"对古人不敬"。 嘻然一笑，笑那终审官适合去做法官。

苏轼两次外放杭州，第一次三十六岁，任通判，是个副职，没有也不可能有所作为。 中国的政治历来是一把手闹事，副职也就敲敲边鼓，帮帮腔起个哄而已。 第二次就不一样了。 五十四岁的苏轼受命杭州太守，当上了一把手市长。 此任期他做了两件关乎民生的大实事，一是防瘟疫流行病，设立了可能是中国历史上最早的公立医院；二是统领市民整治西湖，疏通淤塞年久的大运河。

不料微信发布后，引起朋友圈中"学术严谨"者质疑，令人喷茶。 其一说苏东坡这首《饮湖上初晴后雨》之二，并没有留下手迹，你凭什么说人家是拿腿毛笔写的？ 其二扬言原手稿已发现，眼下正处在专家证实与证伪阶段。 不过可以肯定，绝不是拿腿毛笔写的，而是用的鹿毛笔！ 其三之说愈加另具只眼，说苏学士确实胡须多，但是胡须多的人一般体毛少，因为毛全集中到嘴巴周围了，若说他自拔胡须制笔写诗倒有可能……我不再回答唯有窃笑，切实感受到不少的所谓学术活动，实则跟长舌妇议论谁家女人偷汉子一般，除了消磨时光也就图个破愁解闷。

那么历史究竟有没有真实性？ 这是毋须质疑的，一切发生过的历史便是真实的历史。 难题难在你怎么才能知道这个真实？ 无非两个渠道，一是听人说，一是看史书。 人说也好书记也罢，皆是人之所为，这便有了主观性。 所以我们获取的历史知识，是别人筛选取舍过的历史，是重构甚或虚构过的历史，与真实的历史必然形成偏差，甚至风马牛之偏差。

霸王别姬的故事传颂了几千年，但是真相到底如何？ 那是谁也闹不清搞不准的。《项羽本纪》里仅有这么几句简约记载，时在楚霸王被困垓下的最后关头，原文是：

> 有美人名虞，常幸从。骏马名骓，常骑之。于是项王乃悲歌忼慨，自为诗曰："力拔山兮气盖世，时不利兮骓不逝。骓不逝兮可奈何，虞兮虞兮奈若何！"歌数阕，美人和之。项王泣数行下，左右皆泣，莫能仰视。

《史记》里的文章如果要排雌雄，那么我以为《项羽本纪》当为第一雄文。 从史学价值看，此作记载了战国末期的统一战争、秦末造反战争之后的两大政治集团争夺天下的规模最大的一场战争……一句话，由于项羽之死，标志着中国数百年大动荡大裂变之终结，于是项羽的影响力超过了以后的多数帝王。一个失败了的英雄享有如此“与日月兮齐光”的知名度，全赖太史公手中那管天才神笔。

项羽吟诵绝命诗的那段描写，是整篇作品最为悲壮处因而也是最为动人处。正是“有美人名虞，常幸从”这句话，引起后世文艺家翩然艳想，敷衍出美人名虞拔剑歌且舞，为报项王宠爱之恩而自刎于军帐——可是原文里，压根不见自刎这回事呀！

虽有“美人和之”四个字，也仅仅只有这四个字，却是意思残缺：和了什么诗？抑或唱了什么歌？不知道。不知道了才好呢，正好让文艺家们借机“根据特定人物与特定场景”，替美人虞——虞姬二字是后来出现的名字——杜撰出无数种版本的诗词歌赋，反正目的是借虞之艳体香魂炫耀自家之才情离骚。

其实此前有史书一卷曰《楚汉春秋》，其中记载有虞女所歌内容：

> 汉兵已略地，四方楚歌声。
> 大王意气尽，贱妾何聊生！

司马迁应当读过，但是他眼力极高，或许觉得这四句诗太一般化，不足以匹配“力拔山兮气盖世”，所以略去不提。

那么到底有没有虞这个人儿？在“有美人名虞，常幸从”这句话之前，没有出现过，就是说虞是在项羽战死前夕突兀冒出来的。我非英雄却亦好色且好奇，于是晃着放大镜，一字一字往后看，要看看虞美人去哪了？结果非常扫兴，看完最后一个字，虞之花容再未闪现过，跟《道德经》作者李耳一样不知所终了。难道司马迁只是为了营造悲美氛围而即兴捏造了一个人物？捏造是有可能的。昼战夜斗、命在旦夕，女人随军不亦累赘乎！可是再一想，带着女人的可能性更大。项羽毕竟夺取了天下、自称了西楚霸王，一切待遇自然等同皇帝。就算他日勤夜政不耽女色，但是属下们一定会绞尽脑汁为首长服务好的，人之所欲、王之特权一定被安排得妥妥帖帖的。何况项羽二十来岁就驰名天下，正有无数婵娟竖着耳朵逮信息，时刻期待着许以玉身呢。

霸王别姬无论史上真有还是虚有，之所以被人们津津乐道，原因正在于英雄美人故事永远都在上演，人们需要一个荡气回肠的典型案例来扼腕叹息，来满足自身对于悲剧美的心灵升华的诉求。英雄美人的爱情模式多半在剑影血光里落幕；与此相对，才子佳人的爱情模式更乐意被神往被接收。退而求其次，男耕女织一辈子，也是聊可自慰的。

项羽被困杀后，激起舆论的极大震撼与叹息，随之流传出真假混杂的细节与故事。司马迁虽然没有写、抑或不想杜撰“霸王别姬”，但是传说需要霸王别姬、人民需要霸王别姬，“古今多少事，都付笑谈中”需要“笑谈”霸王别姬。一言以蔽之，人的审美心理需要一个如此惨烈凄美、澡雪灵魂的悲剧故事。没有这样的故事，就无法衍生出无数感人至深的作品，比如下面这两首：

其一

三军散尽旌旗倒，玉帐佳人坐中老，

香魂夜逐剑光飞，轻血化为原上草。

其二

君王意气尽江东，贱妾何堪入汉宫！

碧血化为江上草，花开更比杜鹃红。

司马迁出生于项羽战死后的第五十七个年头，四十二岁那年因替投降匈奴的李陵辩护遭受宫刑。我推测《项羽本纪》写于受刑之后。或者虽写于受刑之前，但是受刑之后做了特别的修订润色。他在《高祖本纪》里对于开国领袖刘邦的描述，不时露出暗讽之笔；而在《项羽本纪》里对于项羽，则充满了激赏与扼腕，塑造了一个阳光莽汉形象。作为文章圣手，司马迁懂得自身保护，自然不会端直褒项羽而贬刘邦，而是以事实说话。没错，事实全摆在那儿，关键看你选择什么样的事实。选择性就是倾向性——这是写作艺术的屈指可数的真理之一，此真理事实上也一直被不自觉地广泛运用于人生的各个层面，比如婚姻中介（媒婆说媒），一切都“以事实为依据”——被选择的事实。

楚汉争斗久持不下，一次对阵激杀前，项羽对刘邦说：“天下匈匈数岁者，徒以吾两人耳。愿与汉王挑战决雌雄，毋徒苦天下之民父子也！”汉王笑谢曰：“吾宁斗智，不能斗力。”

这段对话活活写出了政治上的项羽是多么幼稚，简直可以说是脑残弱智儿！江山争夺是军力与民心、必然与意外、刻意与无心、诡计与阳谋等诸般因素综合发力之搏杀较量，而项羽却提议与刘邦单斗决输赢，岂不等于将改朝换代的伟大事业儿戏化为两只公猴争夺交配权！不过恰是项羽的这种天真得近乎童趣，才让人倍觉其率真可爱。面对如此笨拙的倡议，比项羽大二十四岁的老一辈革命家刘邦，自然要“笑谢”啦，窃喜之态恍若眼前：亏你小儿能想出这等馊主意，毫无政治智慧嘛，还跟我玩什么啊玩！

顺便说一句，项羽究竟死于多大年岁？有三说，一说二十八岁，一说三十岁，一说三十二岁。总之，一生短暂，壮怀激烈。

楚汉战争百年之后，司马迁才书写于竹帛上，因此存在疑点与破绽是自然而然的，情有可原的，甚至简直是理所应当的。何况记载有同异、传说最变形，时光如狂风流沙，我们又该去哪里获得真实与真相呢？且有必要获得绝对的真实与真相吗？实在没那个必要。只要核心事件真实，比如别把秦始皇统一天下的功劳栽到商鞅头上，或者硬说丝绸之路第一人不是张骞而是后来的唐玄奘……至于其他一些不属于“改变历史进程的人与事”，只要说得不是太离谱，也就可以马马虎虎当作“信史”了。

司马迁记载了他之前的三千年中华史，后世不是全拿《史记》来说事、来佐证吗？尽管不时有文史专家撰文就《史记》的某个人物某件史实质疑啊商榷啊，除了给撰写者带来有限的声誉以及申报课题、私用于晋升职称外，实则毫无意义，因为没有谁乐意采纳，没必要冒那个扯皮风险嘛，不值。最省心的手段依然是引录《史记》为我所用。于是太史公高卧云端掀髯一笑：历史以我写的为准，就这么定了！

再闲笔一句。宫刑后不再生产雄性激素，胡须全部褪光了，照说无“髯”可“掀”；但是高卧云端的太史公那是神仙人物啊，凡间受的冤屈早就平反了呢。

回到文章开头，苏轼到底拿什么毛笔写的“欲把西湖比西子，淡妆浓抹总相宜”？ 没有记载。 没有记载便预设了无数种注解之空间。 首先苏东坡是个勤政爱民的市长，天生没有架子，压根不把市长官位当回事，挽起裤管撸起袖子与市民一块儿清理西湖淤泥，是再正常不过的事。 其次他是个乐天派，是个浪漫诗人，纯真幽默风采迷人，谁见了他都喜悦不已，尤其妇女们。 一个妇女打趣他，建议他拔了腿毛做笔，他自然明白这是开他的玩笑。 可是他忽然又顽皮发作痴气乱冒，真就拔下腿毛制作毛笔了！ 一句话，他不去想太多，他之所以妇女咋说他咋做，完全是他觉得这么做太好玩了。 是啊，苏东坡一生都觉得人间万事无不好玩也！

于是敝人一篇手札，说坡仙西湖诗是用其自身腿毛笔写的，以后或许就“以此说为准”也未可知。 一粲。

从广州到惠州

一踏上广州去惠州的大巴车，我照例走向后排坐下。这是常年乘公交车形成的习惯，也是我人生哲学的具体化：不与人争抢，安静自在就好。后排颠簸，可以借机震掉因贪食而生成的赘肉。而窗外那新鲜的风景，总是给人以惊喜。风景无所谓好坏，没见过的风景便是好风景。数了一下车里乘客，采风团成员加陪同，也才十五位。而座位三十六个，天热疏朗，空调风凉，惬意有加呢。

珠江三角洲城市连片，是中国经济最发达的地区之一，甚至是唯一。所以面积甚小却能养活上亿人口。但是从广州到惠州的车里往外看，印象并不富得流油，依然是乡村风物，与时下其他地方的乡村几无两样：荒芜杂乱。房子也不是太漂亮，不少仍是砖墙未涂。这倒应了一句老话：距城一丈大不一样，男女老少一概乡棒。当然这么说话是不无偏见与鄙视的，挺没教养的。

最让人不解的是，自小就从书本上知道这里水稻三季啊，怎么不见稻田呢？只见乱草杂木铺排连片，间隔着闪过一个鱼塘，或是一畦火龙果。海内一个样，乡下的劳力都进城了，留守种田的人很少了。粮食不值钱，需要大米了就近从泰国越南进口便是。

广州到惠州不足一百五十公里，由于不是赶什么急事，所以到了休息处自然就要休息。从容不迫地把水一放，出来后又自信满满地把水一加，虽然可笑，却也是身体的古老习惯，不可改革也马虎不得的。厕所需要排队，气味不敢恭维。同为高速路设施，却与北方无法媲美——这路修得早啊！不时有人逛美国回来，嘲笑美国路给中国路当孙子都不配，却忘了人家那路龄有多长！

抽烟时身边两个中年妇女对话，地道的粤语听不懂，但其装束传统而古典，一看就是村妇，人堆里显得很扎眼。大家都打伞，唯此二妇戴帽子遮阳。一个戴草帽，一个顶斗笠。斗笠一圈黑纱垂帘三寸许，于是想起儿时小人书上看见的渔民——这才是南方沿海的文化格调吧！面对城乡一体化潮流，如此鲜活的风景是越来越稀罕了，眼见着败退为非物质文化遗产了。物种在减少，生态在单一，业已证明不是什么好事。从美学角度看，全球化就是单调乏味化！一位主管科技的退休官员，说他曾梦见一种量子肤色素问世，说是通过基因手段人类就变成同一种肤色。这就是政治家思维，喜欢整齐划一、便于统治，让人啼笑皆非。

回到车后座，挪挪屁股，该巡视左边景致了。电杆一根接一根倾倒滑过，不远处的山峦半坡上，舒缓移动着高压线。几十年前，这些东西是引人自豪的，如今却有碍观瞻了，因为它们败坏了自然之美。我想迟早有那么一天，电线全走地道的。海到天边山做岸，山至尽头海为裙。所以此处的山体峦态，如同多子女的妇人，看上去脾气温和却也不失韧劲，一点儿没有北方山之峻峭激昂，老给人以要爆发革命的样子。

绿色满目，绿色无尽，绿色一年四季！难怪这里的画家摄影家爱往西北跑，西北有的是色彩对比哦。这里的叶子不落，这里的叶子永垂不朽吗？车让车时慢行，我老远就盯住一棵树，近了、近了，终于看见树底下一片黄叶！就是说这里的树叶也是会凋落的，只是不听从节令的口哨声集体凋落，而是错开时间独自任性凋落，你便误以为它们长青不落了。

可惜南方的树我认识的极有限，除了著名的榕树槟榔树外，其余皆叫不上名字。远看山与天交际线上的排峦之树，一棵挨一棵，玉体标致、美冠相亲，只觉得山如明清家具，树如镂空廓饰，激起我无限爱意。我平生喜欢树木，曾写《嘉树》一文专门颂之，结论是“世无丑树”。然而扑入眼帘的如此好树却不知其名，不由自惭形秽。后来请教当地作家，才知那叫桉树——

桉树贪水嗜肥，面积大了地就没法种了，其余植被就死活不旺了——难怪悦目诱人，原来是奢靡费钱的皇妃品类呵！

书文“复婚”成绝响

四十岁前，我是著名的夜猫子。近十多年来，则与日月同步了。晚饭雅集吃酒，席间纵有杨贵妃，也要十点前决然离去，回家睡觉。清早醒来，第一反应是：哦，我还活着，不错嘛！赶紧起床，享受生命。

去冬的一个周末，乘公交车去书院门，买墨汁。车里人少，倚窗就座，沿途见清洁工打扫落叶。叶子坚持到冬月凋落，都是有分量的大叶子，如扇面，如荷盖。下车走了一二百米，由于时间尚早，书院门的店铺只开了一家，已没有挑选的可能。柜台上摆着贵贱两种墨汁，一种十三元，一种三十元。没容多想，就买了一桶三十元的书画墨汁，权当打了两次出租车。到了这把年纪，使用物品也该讲个档次了。

此生没出息，稀里糊涂地混成一个作家。稿费太低，不够烟钱，谈不上补贴家用。20 世纪 80 年代，每月工资五十八元，每月稿费百十元，日子甚是宽裕。后来物价与工资同步飞涨，稿费却一直“侏儒”着。倒是书画家的收入，真叫惊人，一挥而就，数万入囊，不让人眼红是假话。于是操练毛笔，企图分其一杯羹。但是要想混个字能换钱的好匠人，也并非易事。起码你得像他们简介里声称的那样：幼承庭训，遍临百帖。小时也确实听命祖父训练过毛笔字，不过是蜻蜓点水，随即就“文化大革命”了。只是在念高中时，刷过几回大字报，筑路工地两边的山石上，涂鸦过“鼓足干劲”“大干某某天”之类的标语口号。

如今想成为一个有人来买字的毛笔匠，为时已晚。毕竟是个码字的，没有整段时间读碑临帖。怎么办？有办法：拿毛笔写文章便是。古代作家不都是拿毛笔写作嘛。而且古代作家书家，是集于一身的。他们的手稿，雅称手札，被认为是书法正宗、书法主流，所以传世名帖基本是自家手迹自家文。于是我每天早起，必然是沏茶同时动笔砚，毛笔一篇小品文。好司机是跑出来的，好字匠是写出来的，我相信这应该是个真理，没啥子神秘玄奥。也不一定非得写在宣纸上，废信封啊报刊空白处啊，包装盒啊纸质礼品袋啊，秋冬时节捡拾回来的几片落叶啊……总之手头有什么就在什么上写。一个领导来视察，恰逢我在撕开的香烟盒上写字，就随嘴夸奖说这个习惯好啊，风雅啊。我说首长过奖了，百人百性么，哪里谈得上风雅，不过是个毛病，不写手痒痒，就像首长您每天不给人讲三点意见，嘴巴也痒痒一样。

有一天，西安出版社社长张军孝先生来访，见我满桌的字片儿，随便拿起几张，一一读过，谬奖道：“世说新语，世说新语嘛！字也好，赶紧整理出来，趁我没退休，给你出版了！”这就是那本颇受读者好评的《风月年少》的诞生经过。与书法家的高超技法相比，我写的也实在只是个毛笔字。但是话说回来，我手写我意，他们也未必玩得了。有两个书法家朋友，也买了些宣纸本，要跟我一样写小字，写自家文思。却只写了不到五页，便将本子送我了，说是写起来特别别扭，特别难看。原来他们几十年里都是拿大笔写大字，突然写小字，无异于让造坦克的忽然改造手表，自然不大适应。不过我倒也始终有自知之明，见了书法家的好字，总要仔细过目，右手指头在左手掌上现场临摹。学人之长，人生一乐；盯人之短，永难长进。

废纸片上的字不好保存，容易散佚，于是写在本子上。为了省事，五年前逛书院门，索性一次性买回二十册宣纸本——因为那种我喜欢的款式只有二十本。抚摸着柔软异香的宣纸本，一股唐宋情怀、民国风范氤氲于胸间，就不忍心依旧记录些鸡零狗碎的“世说新语”了，当下冒出一个念头：拿毛笔写一部长篇小说吧！毛笔写作，等于书文复婚、古风再现。

写作最需要的外部环境，是安静。这与书法家相反。我见过的书法家表演，可概括为“人来疯”三字。他们喜欢酒后被围观、被喝彩着写字。若有风骚丽人斟酒牵纸，不时地碰其膀子，他们的发挥便是愈发得好了。作家不行，定要避闹求静，否则写不出半句话。有外国作家爱在咖啡馆妓馆里写作，我是无法想象的。眼前飞着一只蚊虫，我必须放下笔，先将蚊虫赶走了才能写。

对于一个上班族的业余作家而言，写作的关键在于时间选择上。每天六点半起床，洗漱，早点，沏茶，伏案。酝酿情绪，进入状态，至少耗去四十分钟。充其量写成三五百个字，就该收摊上班了。常见报道说某作家一夜生产万余字，真是令我羞愧，蠢驴不如也么哥！

写作长篇小说需要三力：才力，学力，体力。外加一个毅力。我自知才力不济，学力凑合，体力尚可，毅力有待坚持。每每碰到难关处，就想放弃掉，一扔了之。此时就铺毡舞大笔，胡乱涂鸦过一把毛笔瘾，就觉得毛笔真好玩，实在属于纨绔子弟的快活游戏，自由于纸上，爽心以娱手。不过又很快冷静下来，很快卷毡洗笔，重抓小笔写小说了，因为作家本就是“文穷而后工”的命啊。于是给自己下道死命令：不准临《寒食帖》，不准抄《心经》，不准录王维诗、东坡词。想过毛笔字瘾吗？那你毛笔所写之内容，必须是原创小说之文本！否则，你不得好死！

自起毒誓，抽烟却无可奈何。多数作家都抽烟，世人便以为香烟可刺激灵感。此观点我并不太信，就专门试验了一回，自命题目《没有香烟助阵的文字》。未抽一口烟，写成一篇万字散文。具体说来，就是在写那篇散文的时候，绝不抽烟。一个章节写就，放下笔，离开案头，换个地方，专门专心抽支烟。总之要我自己在写作时，别再烟不离手。可是写这部长篇时，却又正是烟不离手了，几乎片刻不离手！我若戒烟，应该没有问题。只是几十年养成毛病，写作吸烟历来同步，习惯太顽固了而已。好比蒸汽机时代，火车只要一出动，必然要喷烟吐雾。

戒烟于我而言，只有一个办法：啥也别干，户外走路，专门戒烟。书也不能看，看得投入时会不自觉地点支烟。也不能来客，或与朋友聊天，或一帮人吃酒，必然要借助烟来刺激谈兴或者调节乏味。一句话，戒烟就只能干一样活儿——戒烟本身，其他任何事都不能干。

这部小说抽烟成堆。

整整用了三年多时间，累计一千多个清晨的短暂时光，终于写完了这部二十四万的长篇小说（被审查删掉一万字，实际出版二十三万字）。亲手录成电子版，对着屏幕反复修订。修订一遍“冷冻”起来，过段时间再修订，又花去一年多时间。书名颇费脑筋，直到付印前夕，才定名为《群山绝响》。作品质量如何，无法自鉴，也无权自鉴也不宜自鉴。只能这么说吧，当今中国，拿毛笔写出一部长篇小说者，或许在下一人也，不辱没“绝响”二字也。比较卷首与卷终手稿，毛笔字之变化或曰进步，不是吹，云泥之别了，大慰快哉矣。记得写完最后一个毛笔小字，但觉元气耗尽，就想躺进太平间，休此微命而已哉。不过还是强撑起身子，冲了一个热水澡。妻子给我里外换了干净衣服，又剜了两指蛋什么膏，将我的老脸粉刷一遍。对镜一看，还行。便深鞠三躬，现场颂扬镜中可笑人：你小子不错呵，长篇竣工喽！

我写了三部长篇小说，间隔时间皆为八年。第一部《落红》，城市生活，主人公唐子羽，状写中年人之窘态。第二部《后花园》，场景横跨城乡，主人公宋隐乔，写青年人的憋闷与追寻。这第三部《群山绝响》，纯乡村生活，主角元尚婴，是个少年，写的是人民公社制度末期，故事终结于毛主席去世。我反复思考，最终定调以无哀无怨的中性修辞风格，人文思想力求客观中庸。一言以蔽之，佛眼回望少年事吧。我自觉有义务以文学的品质，眷顾往昔，为青年读者提供一个认识那个时代的文本——尽管我知道，这也只是一次有限的，个人化的努力。

三部长篇的三个主人公，分别姓唐、宋、元。如果再写一部，主角大概要姓明了，唐、宋、元、明嘛。但我眼下以为，我不会再写长篇了。我也不想因写长篇而烟不离手了。写长篇固然充满了再现生活、驰骋想象的乐趣，但实在耗费心血，简直是牲口干的活儿！相比较而言，写散文就容易些，因为散文大抵写主观的东西，情绪化些无碍大局，且可一气呵成不费时间。小说就不一样了，小说要再现真实生活，你得遵循生活本身的逻辑行事，个人好恶得撂一边去。至于毛笔字，那纯粹是游戏，爱咋咋，咋让手腕愉快就咋来——尤其在你毫无功利、无意于当个书法家时。

遗　产

今年适逢闰六月，搅乱了时间，导致我疏忽了母亲去世五周年忌日。

母亲去世那一刻，我守护在身边。医护人员不住地摁啊敲啊，终于抢救无效，眼睁睁看着心电图滑落成一条水平线。我没有大哭，悲伤与欣慰交织一团。倒是事后的这几年里，一想起母亲便忍不住流泪。而在当时，我确实是欣慰大于悲伤。母亲就孕育一次，养了独独一个我。在历尽艰辛、告别人世之际，她引以为自豪的儿子陪护在她的身边，她的所有亲友都在现场。如此谢幕，也算是幸福吧。她没有一丝痛苦，其神其态，唯有安详二字。

时在夏季，母亲在冰棺里睡了三天。入殓时，身体平展了，再也没有了佝偻，坦然而文静。让我万分惊讶的是，她的面容是那么白皙，那么从容。而且异常清雅，美好！如同月亮——十二夜晚的月亮，或者十八夜晚的月亮。母亲持斋一生，从没有胖过。她好几次告诉我，说她只要梦见我，一概是我儿时黏糊在她身边的情景。她说她怀我时，梦见月亮跌入襟怀，“碎裂了无数银片儿，飞溅得满身都是，闪闪发光呢”。

母亲个头不高，五官周正，气质精干，性格强硬。我们院子里三户人家，我母子俩一家，我两个叔父两家。叔父婶娘都是拿工资的公家人，唯有我母亲是农民。两个婶娘，长得蛮漂亮。我心里难免抱怨，妈呀，你当农民也罢，为何不长漂亮些呢？这种潜意识里的不满，自然没法说给任何人的。但几十年后我才忽然醒悟，母亲当时就观察到了儿子的心思，因为她非常聪慧呢。她夜里念小说给我听，不认识的字就记着，第二天问我两个婶娘。她们竟然也不认识，手边又无字典可查。母亲又将她自己认得的字，故意装作不认识，拿去请教婶娘，结果婶娘也不认识。母亲跨进门槛，很得意地小声道：“还讲究都是老师呢，不知咋教学生的，真是白拿工资！”母亲大概以此提醒儿子：人不可貌相。

容貌是天生的，无法改变的。母亲记着这件事，总觉得对不住儿子，亏欠了儿子。她健在时毫无办法，死后却焕发神力，给她的儿子，给所有送别她的人，回赠一副秀婉自在的容颜。主事人下令“盖棺——”我说等一下，因为我看见母亲的嘴角一根发丝，一寸来长的发丝。我轻轻地伸手前去，手心手背与胳膊顷刻被渗冷合围——那是方才离开冰棺的余冷，让我想到十二年前到过的珠穆朗玛峰大本营。我轻轻地捻出发丝，轻轻地放在枕上。抬头扫了一眼哭声如河的送别者，多半是女性在哭，包括两个流泪的婶娘。

母亲让我最后一次看她，毫无疑问，她比所有在场的女性都漂亮。棺盖缓缓落下，爪钉砰砰敲牢，再也看不见母亲了！但是母亲的遗容，不，那是母亲留给儿子的遗产，却永远碑刻在儿子的记忆里。

自媒体

据说中国如今有七亿人玩微信。每天早晨一睁眼，枕边摸出手机刷而阅之。朋友圈里的熟人，一路点赞下去。忙得不看内容，纵然对方的二大爷去世了，也照例点指一赞。如果醒得偏早，那就上个厕所，返回被窝细读之。有意思的就予以转发。所谓有意思也是相对而言，没个标准的。体育迷不会转发文艺类，生意人也不大看天文学最新发现。

有一类微友属于藏书家品种，每天转文几十篇甚至上百篇。每文皆在万字左右，说他全看了那叫哄鬼。但他就要抢占着心理受用些，如同汉武帝拓疆扩土，又好比狗吃牛粪——贪大图虚荣。

微信朋友圈里的官员是一个特殊品类，只看不说、偶尔点赞。为何呢？说官话人笑话，笑话你每天台面上说官话还不过瘾，还要来这里教育俺们烦不！说点人性人情话呢，同僚怎么看？尤其上司怎么看？政治素养去哪了！所以只读不吭声，所以俗称潜水者，兼职舆情观察者，无形中分担了便衣警察的职责。这也告诉大家如今做官并不好玩儿，可谓如履薄冰也。

况且科技手段前所未有，大气层外转悠着卫星天眼，大地上布满了各种机啊站啊的，无形网络如渔网于你，人人皆成了光身子，休言行踪与隐私——除非你扔了手机，而这又是不可能的，比戒毒还难的。五分钟不摸手机，便以为世界抛弃了你、联合国文件等着你签字呢。

且不谈微信朋友圈里的晒食、亮艳、推销产品，也不提男女间的打情骂俏、书画家互赞献花——其实私下里不时讥笑对方“还没入门”呢——此处只说说文学写作者，所谓的“原创之徒”吧。再好的文章，我当然要拜读，却不转发；同行私信请我转他，也多半只转一天即删去，情谊尽到即可。人老了瞌睡少，清晨醒得早，又沾染上毛笔写文章的恶习。沏茶一杯，涂鸦百十个字，拍照而发微信。内容极短，不必劳驾看客动指点击“全文”或“收起”。不浪费读者时间，我以为是个美德，虽然这一不足挂齿之美德永无获奖之可能。天天如此难免就乏味了自己，于是清早照例写，却一周停止发微信，以免腻歪观者或被拉黑或遭口水。谁知第三天就接到私信——包括潜水者私信——问何以没动静了？且称其每天看我微信已属“快乐的日课”。奇妙的是，来私信者多为从不点赞者！

天天写几句“孔子语录体”很不容易，陈词滥调又不好意思往出泼洒。忽然就想到了被冷落的博客，那里面有近乎二百件博文嘛。怎么挪到微信上呢？请教身边的行家，顷刻就会链接了。今早搬来一个关于旧日作家书画活动的博文，加按语曰：

一个活动，无论多么盛大，无论露脸了多么大的人物，但从你的微信报道看去，你成了主演——其实你现场就是个挪凳子上茶水的吃瓜群众。所以我如此定义微信：自我宣传部。这也实在无可指责，因为流量费是自掏的，总不能老是搞笑金正恩、娱乐特朗普吧！

网络属于虚拟世界，微信则是这个虚拟世界的一片私人领地，任由自己搭台自己主演。为了增加点赞量，于是猎奇获艳耸人听闻，于是标题党段子手皮条客可谓无所不用其极。只是这普天之网络照例不是荒漠无人区，依然是受管控的。你有胡言乱语之自由，人家有杀伐屏蔽之权利。凡不合时宜甚或触忌犯讳处，要么发不出，要么发出五秒钟就给你蒸发了。细想也是活该，既然是“自我宣传部”，那你多少得有点宣传部长的责任与担当吧，多做喜鹊少扮乌鸦吧。久而久之微主们就明白了某些规矩，知道什么该说什么不该说，什么该写什么即便写了也发不出去。于是最保险的内容，自然是圣贤语录、名人逸闻、心灵鸡汤等等。

更多的是自我行踪报道，自做总统自任随行记者——自拍杆支持了这一自恋大潮。如此新技术既助推了人类进步，又便捷了个体张扬，且算民主元素吧，对于集权专制是个极大的忽视。集权专制最需要什么？最需要天下之人全都仰望着他，照他的眼色一言一行。如今倒好，一人一手机，自拍自照自发布，自恋自爱自崇拜，边吃边看，马桶上蹲者看，公交车里一手空吊一手端看——现在，你终于知道时间去哪了吧？公园里同坐一凳谈恋爱闹别扭，相互谴责也都发微信呢。

微信这一自媒体如蝗虫般遮天蔽日蚕食了官办纸媒体，人们翻阅报刊、静心读书的时间与日俱减，“主流”一说自此成为笑话——网络泛滥、江河决堤，你给我指指看，“主流”在哪？

于是问题来了，我们每一个微主事实上又都变成一个个集权专制者，因为我们同样渴望更多的人看我们眼色赞我们言行。不同的是我们无权乏势，却要收获赞歌与崇拜，只好遵循古老的“来而不往，非礼也”之祖传秘方：要想人赞我，我须先赞人。于是微信一发布，同时快速上刷屏、下落赞，鸡啄米般百十个，然后牛眼瞪屏恭迎回赞。第一个点赞者不是铁友便是闺蜜，只是圈中人并非全都捧着手机正观看，因为多数人毕竟还因饭碗而忙活着，所以你得耐心等一段时间再回望，且绝不可能撒多少赞出去、收多少赞回来。此理正如种庄稼，断不会下多少种子出多少苗，因为总有些种子硬肯闷死土里就是不愿冒出来博你个开心！

点赞虽然大体上属于无成本投资，却也从不一概率性化、无功利。比如写作圈吧，就算你的文章很让他叹赏不已，他依然不点赞。也许他确实没有点赞习惯、李太白苏东坡他也懒得点；不过他或许这么想，我怎么写不出这样的文章呢？我没义务点赞你让你享受成就感呵。然而你若是文学编辑或主编，或知名评论家或某奖评委，那他会第一时间猛击一赞！咂口茶一想，仅点赞未免只是个礼节，于是奉送三个大拇指。撒泡尿回来，觉得分量还显轻、还不足以表达仰慕，当即补献三朵红玫瑰——对方便喜悦地以为自家文章真是好啊，因为这哥们三次表态正说明其阅读过程啊，这哥们政治上成熟值得关照啊——

其实这哥们，尤其姐们，压根就没点开你的文章。

《群山绝响》题外话

20 世纪五六十年代出生于农村的人以及他们的子女，是《群山绝响》（陕西师范大学出版总社 2018 年 2 月版）的热衷读者。他们从小说里看到了自身的往昔生活；或者从父辈嘴里听来的，絮絮叨叨的陈年琐事——如今因阅读小说的形象化与极具细节化，而留下比较完整的对于那个时代的印象与认知。

我的妻子不怎么读我的作品。但是这一本《群山绝响》，她连看两天，读完了，非常稀罕地夸赞了几句。要知道多数妻子眼里，丈夫大抵是种乏善可陈的动物。不过妻子同时批评，或者说质疑：当时的农村真有这么苦吗？我一参加工作就在人民公社机关，工作了两年天天下乡，感觉没这么严重嘛！我说你是 1979 年由县城下到农村公社工作的，而我小说写的是 1976 年——时代变了，尽管不是后来的巨变。但根本原因是，你是城里吃商品粮长大的，我是乡下吃农业粮长大的，切肤感受只能是我而不是你。妻子不再吱声。

恰在此时，我微信晒元宵，说我小时候只从大人嘴里听说元宵粽子、月饼年糕之类节令美食，生活里却不曾实见过。一位女作家留言说我夸大其词，称她记忆里并不如此。我说你也是城里吃商品粮的，知道晋惠帝典故吗？某年乡村大饥荒，到处饿死人，面对大臣奏报，晋惠帝以反问语气给出了解决方案：老百姓没有米饭吃，为什么不吃肉粥呢？

网上不时看见一些言论，说那时很平等。此说不无道理，只是表述欠完整与确切。妥帖的说法似应这样：那时的商品粮之间比较平等，那时的农业粮之间比较平等。但是商品粮与农业粮之间，那就大不平等了——八亿农业粮人均收入不到一亿商品粮人均收入的十分之一啊！因此农村人的生活可想而知。所以那个时代，除了国家宏大的“两弹一星”神话外，真正诱惑底层人的神话是——跳农门，吃商品粮。

但我，并不想以“诉说苦难”为基调来写我的这部长篇。况且纵向比较民国战乱年代，新中国的光景简直好得很了！再说文学作品，有别于“灾情报告”。文学作品有着天然的美学义务。我侧重要写的是黎民之朴素、伦理之亲爱，地域之旖旎、乡风之别样，特别是生命之草芥且坚韧！

20 世纪的中国，有四大关节点：1911 年帝制终结；1937 年日本侵华；1949 年新中国成立；1976 年毛主席逝世。《群山绝响》写的是 1976 年，故事生发到终结仅九个月，即周总理去世到毛主席去世期间。壮丽国史自有史家书写，微末民生理当作家填补。

我自以为完成了某件使命。我无愧于生我养我的至亲与土地，对得起培养我的师友与广大读者。

花甲辞

各位亲友：

今天是周末，借着给我过生日的由头，大家来聚聚，喝几杯我珍藏了十五年的茅台酒，拉拉闲话，加深亲族间的交往。也通知了十几位朋友——但正如我所料，只来了一半，因为我只说是周末无事小雅集，没提过生日。一说生日，朋友正好有事忙呢，岂不为难！我们中国人把生日与死日看得同等严重，而我平生最不愿要挟别人，人际关系最崇尚轻松自由。就是邀请朋友，也有三原则：一是年龄比我小，二是路程近，三是不在官位。总归受邀的是我的朋友，未邀的还是我的朋友；今天到场的是我的朋友，没到场的仍是我的朋友。天涯若比邻，四海之内皆兄弟，何在乎一顿生日酒！

其实我的生日，按阳历的话，四天前就过了；照阴历算，三天后才是。我的性格深受母亲影响，喜欢安静，不爱扎堆起哄，最怕麻烦别人。母亲就从不说生日，因此我就从未给她操办过寿宴。只记得小时候每到我的生日，母亲提前就念叨，逗出我的馋虫儿，却硬要熬过三天，这才给我煮个鸡蛋过生日。

可是这一回不同，家人一再强调我六十岁是个大寿，一定得按古法五十九岁时过一下。那就随俗吧。想来惭愧，鲁迅先生五十六岁就死了，不才我公然活到今天，还有脸吃蛋糕、饮美酒，无耻之尤是不！可这叫天命，只能听之任之完事。老辈人觉得能活到六十岁，啥话别说，值了，满足了。往后所活的日子，那叫空手套白狼，等于分文未投资而天天分红利。当然如今则另当别论，九十岁还抱怨看病难呢。

回想我这一辈子，还算是幸运与顺遂。小时候虽说清寒，却也没有过分饿肚子。高中毕业回家当农民，农民了三四年看样子要农民一生时，高考制度恢复了。最幸运的是大学念的中文系，恰好实用于编辑工作与业余写作。学而能用，人生至乐。不少理工科学子眼红仕途，后来成了贪官落了马，令人唏嘘悲悯，当个科学家工程师多好啊。

我业余写作了五六百万字作品，高下优劣我不宜自评，任由世人臧否去。这个其实也无所谓，意义只在我喜欢写作，且有条件写作，这就足够了。说我淡泊名声那是假话，但我厌烦炒作与媒体上出风头。不少机构与朋友曾多次要给我张罗研讨会，都被我婉谢了。一是不忍糟蹋钱，二是受不了闹腾。唯有一次，一所高校由学院升格大学，需要一定数量的人文活动才能通过验收，这才配合着把我研讨了一回。我以为作家写作一如农民种地，写作品就等于种地打粮食，除此之外毫无必要。对待写作我有点完美主义，每件作品都无一例外地三番五次修改过，所以转载率再版率比较高，且不时被盗版。写作是个苦乐参半的劳作，内需专心外求安静，这些皆由妻子包容与供给。三十年来一以贯之，在此特表感慨与感激。

今天的来宾半数为晚辈青年，谢谢你们给我祝寿。你们给我发红包，我得让你们的破费不太冤枉是吧？我这就告诉你们一个人生真谛：靠本领或者说靠手艺吃饭立身，最尊严、最踏实，也最安全。怎样才能学好一件本领呢？练习，反复练习，带着热爱的感情数十年如一日地练习。拉琴是这样，写公文亦如此，就是成为一个优秀的木匠，也一定打制过几十吨家具吧！我们都不是天才；就算你是天才，不经过反复实践依然是个口头天才，中听不中用的。不论学习什么技能，没有一万个小时的训练，仍是个平庸之徒。不要贪多，但须精专。熟练一门别人无法取代的技能，你就立业了。

不过我这里还得强调一下，学习并掌握某种技能，当然首先是为了生存；而因此就把人生看成单纯的赚钱过上富日子，未免就境界欠高了。建议你们将人生当作艺术，而艺术的最高目的是什么呢？就是美与快乐，就是通过创造性的劳动获得个人的心情舒畅，并将这种个人的心情舒畅分享给家人亲友，分享给社会与环境……不啰唆了，开始喝酒！

答著名青年作家胡竹峰

胡竹峰：方老师好，祝贺你新书《群山绝响》出版，这个书名有什么寓意？

方英文：谢谢你的祝贺。书名正如人名、物名，首先只是需要个标签符号，下来才兼顾寓意啊点题啊之类。这部长篇名字除了标签符号外，自然也是有点寓意的。群山，是作品环境，指秦岭巴山，地球上最密集最壮丽的山脉。而秦岭巴山孕育夹带的一条汉江，江、淮、河、汉之汉江，作为一条支流，与另外三条径直入海的大江大河并驾齐驱，足见其在华夏文明里的显赫地位。我是这一方山水滋养的无数生物之一，自知微不足道，但我依然本能地要选择一部长篇小说的形式，礼赞我的古国家园。

至于“绝响”二字，字面意思并不费解吧？但我不宜跳出来自解其引申意义。我一自解，难免误导读者以为这是“标准答案”，犯了文学大忌。文学是语言及由语言营造的形象艺术，每一个读者看完小说，再回味“群山绝响”四个字，必定有自己的答案，也必定远远超越作者的寓意设定。我不妨披露一点，这小说曾想用名“1976 年”。 五十岁以上的中国人，或者稍具文史常识的读者，一见这个年份，便知道它之于 20 世纪的中国有多么重要。 但是考虑时间节点太敏感，也有某种局限性，遂废弃。 用时间做书名也常见，如《九三年》《万历十五年》。

胡竹峰：这本书初稿用毛笔写就，感觉怎么样？ 估计是 1949 年后第一本毛笔写出来的长篇吧。

方英文：这是我的第三部长篇小说。 第一部《落红》，其时普遍流行电脑写作，但我坚持硬笔写完。 硬笔手写，保持某种手艺人的传统吧。 从某种角度讲，作家也算是手艺人。 因为遣词造句，起承转合，是有相当的技术含量的，非专门琢磨修炼难以掌握——尽管终究说来，文学并不是技术。 第二部长篇《后花园》，前半部硬笔写的，后半部毛笔完成。 手写是古来如此，从孔子到鲁迅；电脑写作才几天呢！ 因此手写，单就形式讲，就是对祖先的一种缅怀与敬意，似可接通源远流长之文脉，承恩泽于先贤。 不过得说明一句，孔子拿什么工具写字呢？ 这个我说不清，大概不是毛笔，因为传说毛笔是孔子三百年后，秦大将蒙恬发明的。

《群山绝响》完全用毛笔写成，感觉从容淡远如在古代。 我本就喜欢毛笔字，却无专门时间为写字而写字，所以不如索性毛笔写作，等于“书文复婚”。 至于是否为新中国第一部纯毛笔写成的长篇小说，没有调查，不宜断言。 就算是，也无可炫耀吧，因为我是写小说，不是跟谁竞技毛笔字。 作品若是乏善可陈，字再好，也跟文学无关。 有记者夸我毛笔写长篇小说很了不起，我说也就有点新闻意义，但是文学作品的质量与写作工具没有关系的，“你就是拿托尔斯泰用过的鹅毛笔写小说，写出的小说臭，依然白搭”。

不过我又同时假想，明清四大小说名著何以常读常新？ 后世车载斗量的长篇小说何以没有一部能望其项背？ 原因很复杂， 但“车载斗量”不是毛笔所写，可能是一个原因，且是重要的原因。

胡竹峰：毛笔字里有闲情，写作本是闲情，只是我们都太忙，忙名利忙权位，少了闲情。 你有没有这个意识，毛笔字和钢笔字与电脑在面对语言的时候，作家的感觉是不同的。

方英文：这是肯定的。 毛笔、钢笔和电脑，虽然只是工具，但是工具影响情绪与结果毫无疑问，如同乘马车、汽车或飞机去约会，感觉与结果可能是大相径庭的一样。 试想一下在马车年代，会产生“穿过大半个中国去睡你”这样的诗句吗？

用毛笔写作，首先是让身心放松下来，功利心降为最低。我认为四大名著属于非功利写作，完全是内心想写，是“吃饱了撑的”，所以有的连个真名都懒得署，害得后世学者考据究竟是谁写的。 一句话，写作不宜太有功利心。 用毛笔慢慢写，写的过程本身，就是典雅自在的享受，有一种陶然自得的，“我思故我在”的存在感。

我赞同你“写作本是闲情”说。 我接触了不少作者，他们因羡慕作家的光环而写作，没有基本的生存技能，老大不小了还是单身。 或者虽有职业却因爱文学而把职业不当回事，结果文学没闹成，职业倒闹丢了，家庭也散伙了，生存陷入尴尬狼狈之境。 文学这碗饭，闻起来香，吃起来毒性大，不是谁都可以吃出营养的。 最好在生活有了保障、家庭不受牵累之前提下，视文学为闲情逸致，才恰当。

胡竹峰：你写毛笔字时间并不是很长，你觉得书法对你的创作有什么帮助吗？

方英文：准确说我写毛笔字连续时间不长。我的祖辈父辈职业多为医生与教师，因此写毛笔字是家常便饭。我虽然迟至八岁进学堂，但六七岁时就写影格了。当然如猫洗脸，不着调的，却很早种下了喜爱毛笔字的基因。读书工作的几十年间，也就偶尔写个春联、涂个标语、刷个启事之类。真把毛笔字当回事，也就近十多年吧。读了一些相关史书，我便给书法下了个定义：书法者，文章之神采也。三大行书名帖，皆自书其文么。书法，在迈过技法门槛后，才可能成为一个抒情艺术，其线条其色块，其浓湿其枯淡，其急促其舒缓，恰如心绪之起伏变幻——而文章之风神仪态，不亦正如此乎！若把文章比作云，则书法是风。风动看云变，云乱知风狂，这便是大书法家必定是大文章家之原因也。古典作家诗人一概毛笔写作，但顶级人物里，也只有一小部分堪称书法家，如李白苏轼等。说明什么？说明书法确实难度大，不是纯靠死临猛练就能成为书法家的，更多的看天性里有无书法基因。

我自知既不是大文章家，更谈不上大书法家。我的本质标签是：一个毛笔字写作爱好者。多年前就有人给我戴一顶“书法家”帽子，让我尴尬，颇为不爽——这不等于说我是专写“厚德载物”“上善若水”的人么！借此声明：凡说我是“书法家”者，皆未经我同意。夸我“著名作家”时，人老脸厚，装作没听见拉倒。反正这把年纪了，总得有个“家”字吧。能有一样“家”，就很知足了。

我的毛笔字虽然够不上书法，却还是让我写起来愉快，招惹了一些读者喜欢。证据是这本四十八元的《群山绝响》，我一毛笔签名，就变成一百二十八元了；而定价三十五元的《落红》，毛笔签名本网上卖一百五十元呢。如若不信，你现在就登网核查核查。假如我是硬笔签名，就不会这么升值吧。

胡竹峰：陕西作家底色有近似性，陈忠实、路遥、贾平凹、高建群。你与他们风格到底不同，读陈忠实觉得厚重，路遥是辽阔，贾平凹是清谈，读你，有一些俏皮，甚至有江南文脉的气息。

方英文：是吗？果真如你这么感觉的话，大概是由于我读陕西作家碎片化，没怎么受干扰吧。陕西作家多半写农村，而我也是农村长大的，看熟悉的事情总觉得没啥魅力。我喜欢五四新文学，代表作家多在江南是吧？

顺便说点“人民”爱看啥的逸事。我母亲就不爱看写农村的小说，或者影视，因为她太熟悉，看了心烦。母亲是个农妇，标准的“人民”。不过我母亲个性鲜明，要强又聪明。我儿时她常念小说给我听，《苦菜花》呀《三家巷》呀，《樊梨花》啊《薛仁贵征东》啊之类。她还爱看什么呢？爱看皇帝大臣、宫娥彩女。尤其爱看才子佳人恋爱没法成功的内容。于是我就想了，我们经常强调要“为人民写作”，“人民”到底是啥反应？

鲁迅母亲似也属于“人民”，他自然知道“人民”喜欢啥，所以买了张恨水的小说寄给母亲。

胡竹峰：你擅长小说，又是散文名家，如今这两个文体皆能的作家并不多，你怎么看这个现象。我的观点是，散文背后传统太多，很多作家未必有根。

方英文：谢谢谬奖，实不敢当！首先认同你的散文观。文学是语言的艺术，如果此说依然成立，那么散文小说就是一回事。俄国文学历来如此观点，文学只以散文与韵文区别。在中国传统社会，散文大抵属于庙堂文本，内容多为治国平天下。因此没有辽阔的视野、渊博的学识，难以写好散文。现在时代不一样了，散文无所不包了。究竟是个什么状况，长短优劣在哪，我没有细想过，不敢妄言。小说是市井的，本是哄市民消磨时光的玩意儿。后来演变了，小说，尤其长篇小说，由于承载的生活容量超大，其他文体无法抗衡，加上官方的强调与奖掖，就坐了头把交椅。

啰嗦一句吧，散文恰恰不宜太“文”。我前几天发过这么一个手札，内容是：文学本应跟空气、钞票、美人一样，正常人都是喜欢的。因此将文学界限划，似乎多此一举。如果一本小说，或是散文，或者诗集，只是文学界内部欣赏，那无异于一个发电厂，只给电力职工家属院供电。

胡竹峰：你这本书我感觉有自传性，是你追忆似水年华。恐怕非要到五十几岁才可以写出来，人生的所谓意义剥落殆尽，才抱住了过去的细节不放。

方英文：终究是小说。少年童年，实在鲜有所谓“大事”。随着年齿渐老，遥远的细节反倒清晰地、昼夜不休地敲打记忆。此时深信不疑，少时感觉的世界，才是真正的世界。常听老人们感叹：昨天的事记不住，小时的事忘不了。不到年龄是体会不到的。

胡竹峰：读完《群山绝响》之后好像有一种非常悲剧、绝望的意思在里面。你这么写，是在写悲剧还是写超脱？

方英文：你这感觉，怎么说呢，是对的吧。谢谢。少年时代结束，大时代凄然落幕，岂能不悲乎！封底专家推介有语，“精细逼真地还原了一个时代的落霞与孤鹜”，“落霞”“孤鹜”，瞬间美丽又孤独伤感。不过我以为，悲剧是喜剧的前兆，喜剧是悲剧的序曲——人类永远都在这么轮回过光景。既然无奈，不如超然。

胡竹峰：写那个时代的作品，并不少，但你写出了20世纪六七十年代生活里的趣味和普通人的美丑，都是很特别的形象。一般作家都注重书写自身的痛感，但你把这个经历上升到文化层面上。可不可以理解为这是一种长篇的文化写作？

方英文：我以为可以如此理解。一部号称文学的作品里，如果看不出“文化”二字，是很遗憾的。原来有个题记：“无论什么时代，少年都是美好的。”不过开印前夕，我还是打电话给编辑，让删了。不然，爱抬杠的读者会诘问：旧社会的少年时代也美好？战乱年代呢？又何况，作者给读者暗示或者提示，其实很愚蠢。

动笔前我给作品定调了四个字——纯净，美好。我认为不管你碰到怎样的坏人坏事，责任还是首先在你。人是互为镜子的，你散发出怎样的善恶，镜子便回射来怎样的善恶。我小时比较乖，不曾扰害过谁，因此所有人都善待我。痛苦是人生必配，但我能自我吞咽，不愿任何人知道了来劝慰我。总之，我只想把人性美好、善意与趣味的那部分记录下来，让温暖传染天下。

胡竹峰：元尚婴是个道家气息浓厚的名字，怎么会想到这三个字？不大像那个时代人的名字。

方英文：有那么点意思。不过让他姓元，只源于《落红》主人公姓唐、《后花园》主人公姓宋，第三部长篇该姓元了。小说小说，越是小处越不可随便，取名字尤其如此。孔乙己，像那个时代的名字吗？

胡竹峰：读这本书，我感觉你进入了自己的一个“小时代”，侧重于去书写自身的经验，有一种迫切想甩开传统包袱的倾向。

方英文：我们自小被灌输了很多堂皇的大道理，心理就不太正常；又接受了一些貌似正确的文学观念……我想还是简单些好，忘却所有书本，直接从自然里，从切肤之感里提纯一部文学作品吧。

胡竹峰：贾平凹说自己的人生一直都不太顺，你呢？如今回头看自己弄文学这么几十年，有什么感想？

方英文：呵呵，凹公说幽默话呢。若是说他想登陆火星去题字而“不太顺”，我信；若指文学事业，呵呵，东坡手札里爱用呵呵。一听说他开笔长篇，一帮编辑就拎着钱袋来竞争订稿。所以跟他没有可比性。我也从来没比过。

至于我，大型文学刊物我投稿了二十年，唯一《当代》1987年发过一个短篇。为表感激，我让《落红》里那个兼职妓女包里装着《当代》，破天荒广告植入哈。21世纪以来从不读文学名刊，因此对于“主流文学”，我是一无所知的。每每想起自己的不顺，真是不顺，我没有怨气，反倒觉得好玩。好玩什么呢？大刊不发你，一线评论家不理你，你还没事了就写。图啥呢？就图个写本身么。就像驴打滚，不在乎有没有围观与鼓掌，它想打滚了就大滚特滚。

胡竹峰：写作要机缘。 对于你来说，走上写作这条路，有哪些机缘?

方英文：四处碰壁是常态，海内知己忽然来。

胡竹峰：你怎么面对写作的枯燥乏味或者说瓶颈之类?

方英文：照镜子，问：你这蠢驴，业余除了写作，你还能闹啥? 如果你想不出另外的活法，你就自认倒霉，坚持写吧!

胡竹峰：写不下去或者写完后觉得不好，你会怎么办?

方英文：先放下，权当废品。 过段时间再看，会发现：哎妈呀，这么才华横溢哈。 于是接着写，直到写完。 写完后却多半不满意，就冷冻一阵子，再拿出来修改。 直改到确认自己能耐有限、只能到此、无法再好时，结束。

胡竹峰：相比陕西你们那个群体的作家，你从 20 世纪 80 年代开始到今天，其实一直都在一个边缘的状态。 这些对你的文学影响是不是也很大? 因为没那么多热闹，所以更津津乐道于自己的文学。

方英文：边缘化是必然的，业余作家嘛。 但我挺喜欢这种状态，也没有被冷落的感觉，因为我本来就不爱热闹，尤其讨厌开会。 写好了，读者自会夸赞；写糟了，咱又不是专业作家，呵呵。 拉拉扯扯那一套，手段窍门我都懂，却懒得实践的。 有人吹捧当然好，没人吹捧也不要紧。 我深信作品本身就是广告，读者喜欢了自会相互推荐与传播。 有时间和精力拉扯关系，不如将作品再改两遍。 作家是纸上农夫，作品是作家的粮食。 只是我打的粮食太少，实在惭愧。

胡竹峰：你的作品，不谈佛、道、鬼、仙，也很少借用一些典籍，更多是直面社会直面人生，就好比手执匕首，近身搏斗。

方英文：我喜欢文风简朴。作家不是百家讲坛的学术明星，没必要用典。用典就要用书名号和引号，卷面如同趴满了苍蝇，脏呢。生活乃“最大典”，取之不尽也。我自认为属于“不争派”，何以留下“搏斗”印象？

胡竹峰：到了今天你理想中的小说和散文是什么样子的？对自己还有哪些文学上的期待？

方英文：质朴优美的语言，打开新颖别样的人性世界，就是好小说。散文也该写人性吧？敢于正视自身弱点，亦即人性弱点，并大肆嘲笑之，就是好散文。

我对自己不抱希望，因此没有期待。当然来了感觉，也还是会毛笔记下来的。

胡竹峰：写作这么多年，可曾有过放弃或绝望念头？

方英文：偶尔有那么点，但不强烈。且很快一笑了之。我是庄子《齐物论》知音。绝望产生于奢望。原本就不大有希望，世俗的希望，所以就谈不上失望与绝望。这便是业余作家的好处。曾有记者问专业与业余之区别，我答：专业是夫妻生活，业余是偷情生活——原本就是不该的追求嘛。

胡竹峰：你写作有没有想过理想读者？

方英文：没有。写作是纯私人爱好，跟爱好拿大顶或学驴叫一样。世界大了去，终究有人爱看拿大顶、喜听驴子叫，运气只在双方能否遭遇。运气能人力所为吗？所以不要费心思。费也白费。

胡竹峰：我写作字斟句酌，一句一字地考虑，有些人会觉得做作。你如何处理，怎么寻找做作与自然之间的平衡点？

方英文：对待语言文字，咱们是同类。一句一字地考虑，不单是个工匠精神，而且是某种宗教情怀。不要顾忌人说做作，因为你无论怎么写，总有人看着不顺眼。何况做作，其本身也有审美价值，比如幽默与喜剧。当你用富丽堂皇的语言（做作）去写个屁大事时，效果立即非凡了。

我修订《群山绝响》时，总是放着音乐，《思乡曲》《渔舟唱晚》之类。因为是毛笔写完录入电脑修改，毛笔的美感下班了，就需要音乐替补上来。自然而然，行云流水，是中国文化与文艺的至高诉求，而经典的书法与音乐，对于文学作品的完善，有着非常的帮助。当然不和谐也是一种美。视具体情境而言。

胡竹峰：木心说，臻于艺术最上乘的，不是才华，不是教养，不是功力，不是思想，是陶渊明、莫扎特那种天性。你怎么看艺术家的天性？

方英文：天性，在受孕的那一瞬间，多半就决定了吧？这是没办法的事，不值得浪费时间讨论。核桃只能长在核桃树上，让莫扎特写个《平沙落雁》，等于请陶渊明给春节晚会写串词，结果只能哭笑不得。

胡竹峰：你对年轻作家有什么建议或者希望吗？

方英文：敬畏名著，研读名著，然后而藐视之。没有这个气象，趁早自破作家梦。不要赶潮流，不要“搞”文学，而要静心爱写作。不必在意作品是否上了国刊或省刊市刊。互联网时代，好作品是不会被淹没的。永远记住，读者眼睛贼亮贼亮哦！

胡竹峰：最后一个问题，谈谈你的阅读。

方英文：任性胡乱读。常读的书是《辞海》。三十五岁前不读中国书，三十五岁后很少看外国书，翻译特别好的除外。